CONSEILS ÉVANGÉLIQUES

“DIRECTOIRE»

DU MÊME AUTEUR

Aux mêmes éditions

Œuvres spirituelles
Seuil, 1958

Lettres et Carnets
Seuil, «Livre de vie», 1995

Charles de Foucauld

CONSEILS ÉVANGÉLIQUES

« DIRECTOIRE »

TEXTE DE 1909-1913

PUBLIÉ AVEC UN AVERTISSEMENT
DES VARIANTES ET SEPT ANNEXES

Éditions du Seuil

Cette édition est la reprise exacte de l'édition établie pour les Éditions du Seuil par L. Massignon et J.-F. Six, en 1961. Il nous a paru que l'on pouvait, en se référant à Foucauld lui-même, prendre pour cette nouvelle édition, comme premier titre *Conseils évangéliques*, avec le sous-titre *Directoire*.

Sodalité Charles de Foucauld
127, rue Notre-Dame-des-Champs
75006 Paris

IMPRIMATUR : PARISIIS
DIE XIª MARTII 1928
V. DUPIN, V.G.

ISBN : 2-02-039657-2
(ISBN 1re publication : 2-02-003056-X)

Introduction

Noël 1907. Charles de Foucauld, prêtre au cœur du Sahara, tombe gravement malade. Il est atteint du scorbut. Il s'est aussi épuisé à mener à bien son travail scientifique sur la langue des Touareg. Il éprouve enfin un immense stress du fait de son isolement et d'une grande solitude affective ; il se sent délaissé par ce peuple à qui il s'est donné ; il est angoissé de n'avoir pas abouti dans son désir de porter l'Évangile : personne n'a répondu, aucune conversion.

Il s'effondre le 2 janvier 1908, est ranimé et sauvé par des Touareg. Cet événement est pour lui un grand choc qui lui fait examiner toute sa vie et provoque chez lui une seconde conversion.

Sa première conversion, fin octobre 1886, a été radicale : il a décidé de *« ne vivre que pour Dieu »*. Il recherche alors un lieu, le plus retiré possible du monde – ce monde qu'il avait adoré et servi –, la vie la plus cachée possible ; il entre à la Trappe en 1890, se fait envoyer en Syrie dans un très pauvre prieuré. Mais trois ans plus tard, il avoue à son père spirituel, l'abbé Huvelin, qu'il n'est pas à son aise, qu'il n'y a pas assez de pauvreté dans ce prieuré ; il est pris alors du désir de se regrouper avec quelques-uns pour vivre strictement selon Jésus, *« le suivre en suivant* ***tous*** *ses conseils »*, écrit-il le 22 septembre 1893 à l'abbé Huvelin ; il voudrait, ajoute-t-il, établir des *« petits nids de vie fervente et laborieuse, reproduisant »* la vie de Jésus à Nazareth ; et les établir *« surtout dans les pays infidèles »*, là où l'Évangile n'est pas connu. En 1896, il compose un règlement pour cette existence monastique nouvelle qu'il souhaite fonder : *« Votre règlement est absolument impraticable »*, lui répond l'abbé Huvelin, le 2 août 1896. *« À la règle franciscaine, le Pape hésitait à donner son approbation ; il la trouvait trop sévère... Mais à ce règlement ! à vous dire vrai, il m'a effrayé. »* Et il ajoute : *« Ne tracez pas de règle, je vous en supplie. »*

L'abbé Huvelin connaît bien l'impétuosité de Foucauld, son goût du commandement et de l'organisation. Lorsque Foucauld quitte la Trappe, en janvier 1897, pour aller mener la vie de Nazareth, l'abbé Huvelin lui répète : *« Ne pensez pas à grouper des âmes autour de vous, ni surtout à leur donner une règle. Vivez de votre vie, puis s'il vient des âmes, vivez ensemble de la même vie, sans réglementer rien. Sur ce point, je suis bien net. »* Mais son désir de fondation religieuse demeure ; il l'écrit à l'abbé Huvelin en octobre 1898 : *« Quelques âmes réunies pour mener la vie de Nazareth, vivre de leur travail comme la Sainte Famille, en pratiquant les vertus de Nazareth. »*

Dans les premiers mois de 1899, il compose une *Règle des Ermites du Sacré-Cœur,* datée du 9 juin, fête du Sacré-Cœur ; long texte méticuleux dont il change le titre en *Règlement des Petits Frères du Sacré-Cœur* lorsqu'il devient prêtre, deux ans plus tard, le 9 juin 1901. Et à peine arrivé à Beni Abbès, il reçoit de Mgr Guérin, préfet apostolique, l'autorisation de fonder cette *« famille religieuse nouvelle »* et d'accueillir des compagnons. Mais personne ne le rejoindra.

Foucauld s'efforce de vivre lui-même, et le mieux possible, le *Règlement des Petits Frères du Sacré-Cœur* dont il veut se servir pour mener la vie de Nazareth, en vue de *« l'imitation parfaite de cette vie »* (22 juillet 1905). Il souhaite que lui viennent des Petits Frères pour les *« contrées où la religion et la vie religieuse sont persécutées »*. *« Les Petits Frères iront avec d'autant plus d'ardeur dans ces contrées. »*

L'événement de janvier 1908 et la mort qui s'est approchée sont donc l'occasion de la deuxième conversion. Il aura bientôt 50 ans. Il prend conscience de son échec sur le plan de ses volontés de fondation religieuse et de prosélytisme ; il se voit, comme il l'écrira le 4 septembre 1908 à Mgr Guérin, *« au soir de cette vie si misérable et ayant produit si peu de fruit, comme le grain qui ne meurt pas »*. Mais il admet maintenant ce peu de réussite de sa vie ; et le grand impatient qu'il est écrit, dans l'espérance, qu'il y aura *« peut-être des siècles entre les premiers coups de pioche et la moisson »*. Il reconnaît qu'il a été parfois trop passionné dans son ardeur à *« conquérir les âmes »*, utilisant des armes trop humaines vers lesquelles son tempérament indomptable se tourne naturellement. Désormais, ce sont les armes de Jésus à Nazareth et sur la Croix qu'il veut employer : *« Pauvreté, humiliation, délaissement, persécution, souffrance, croix »* (à Mgr Guérin, 15 janvier 1908). Il voudrait que ces *« armes »* évangéliques soient employées non seulement par des consacrés, religieux, moines… mais par des chrétiens *« de tout sexe et de toute condition »* (à Mgr Guérin, 1er juin 1908).

C'est à tous qu'il destine les *« conseils évangéliques »* qu'il écrit de Pâques à Pentecôte 1908 : prêtres, religieux, religieuses, laïcs, hommes et femmes, mariés ou célibataires ; il pense tout particulièrement, pour l'évangélisation, au ménage de Priscille et Aquila, qui avait travaillé aux côtés de saint Paul lors des débuts de l'Église, et il voudrait que *« de bons chrétiens, vivant dans le monde »* soient au Sahara *« à titre de commerçants, cultivateurs, artisans »* et qu'ils vivent l'évangélisation dans leur insertion quotidienne.

Comment ? Par *« l'apostolat de la bonté »*, *« faisant le bien en silence »*.

Il dit encore à Mgr Guérin que c'est *« une manière de tiers-ordre »* qu'il veut créer, mais *« sans le nom de tiers-ordre »*, ajoute-t-il, un groupe *« ayant, sous le nom de "société" ou d' "association" ou tout autre, une cohésion »*.

Quelle cohésion ? Non pas celle qui vient d'une hiérarchie, où tout est commandé d'en haut. La cohésion que propose Foucauld à ce groupe de baptisés naît du programme que se donneront ses membres, un programme qui tient en trois mots : Évangile, Eucharistie, Évangélisation. Ceci non pas dans une vie nomade et prédicante comme celle de Jésus en sa vie publique, mais dans une vie de tous les jours, ordinaire, incarnée, comme celle de Jésus à Nazareth.

Ce projet, les statuts qu'il écrit, il doit les présenter, pour approbation, à son évêque, car il est, depuis 1901, prêtre séculier du diocèse de Viviers. Il demande à l'abbé Huvelin l'autorisation de faire un voyage en France dans ce but et pour donner un début d'existence à cette Association. À Noël 1908, Foucauld quitte Tamanrasset ; il arrive le 20 février 1909 à Paris. Le lendemain, dimanche 21 février, il se rend, fin d'après-midi, chez Louis Massignon, jeune orientaliste de 25 ans, un converti sur qui Foucauld fonde le grand espoir qu'il le rejoigne au Sahara et le remplace à sa mort.

Foucauld emmène Massignon à la paroisse Saint-Augustin où l'abbé Huvelin est vicaire, puis à la basilique du Sacré-Cœur de Montmartre, où ils passent tous deux une nuit de prière *« toute une nuit, lente, sombre, nue, sans consolation, dans cette tombe glaciale et hautaine du Sacré-Cœur »*, dira Massignon.

Pour le Père de Foucauld, cette nuit de prière au Sacré-Cœur avec un jeune laïc inaugure les débuts de l'Association, avec ses deux premiers membres : Louis Massignon et lui-même.

Foucauld rencontre Mgr Bonnet le 28 février et lui donne les statuts qui contiennent 40 longs articles. Mgr Bonnet lui demande de les rendre beaucoup plus courts et Foucauld se mettra aussitôt à une nouvelle rédaction. Mais l'évêque approuve dès maintenant ; il lui écrit le 6 mars : *« Oui, j'approuve votre projet et je lui souhaite plein succès, mais si Dieu veut qu'il se réalise, que de difficultés il va rencontrer et par quelles souffrances il lui faudra conquérir sa place au soleil de la Sainte Église. »*

Foucauld embarque le 7 mars à Marseille pour Alger où il rencontre Mgr Livinhac, supérieur général des Pères blancs. Il lui remet le nouveau texte abrégé qu'il a rédigé pour le groupe, appelé par lui *Association des Frères et Sœurs du Sacré-Cœur de Jésus.* Mgr Livinhac l'approuve par écrit, le 19 mars, en définissant les membres de l'Association comme des *« ouvriers évangéliques », « résolus à pratiquer, chacun selon sa vocation, les conseils évangéliques »,* des *« hommes apostoliques »* qui se font proches de ceux qui sont loin du Christ, *« en allant s'établir au milieu d'eux ».*

Le supérieur des Pères blancs permet que soient imprimés les Statuts ; mais, au dernier moment, Charles de Foucauld est obligé de *« masquer »* la lettre d'approbation que lui avait écrite le 6 mars Mgr Bonnet, ce dernier ayant finalement refusé qu'elle soit rendue publique (ce n'est qu'en 1914 qu'il l'acceptera).

Les Statuts paraissent à Alger le 21 mai 1909, brochure de 39 pages, tirée à 500 exemplaires. Ils sont précédés d'une introduction écrite par Foucauld, non signée. Cette introduction de trois pages dit que l'Association s'adresse *« aux catholiques de tout sexe, de toute condition, célibataires ou mariés, ecclésiastiques ou laïcs »* [...] à *« toutes les âmes qui aiment Jésus »* ; et elle est d'une tonalité nettement missionnaire : *« C'est aux fidèles des nations catholiques qu'incombe en entier le devoir de la conversion des infidèles.* » Pour Foucauld, si les nations catholiques ont des colonies, si, dit-il, « *les peuples infidèles sont ou soumis aux Européens, ou forcés de les respecter* », il reste qu'il y a, pour ces nations européennes qui « *ont des colonies peuplées d'infidèles* », un « *devoir formel* » de proposer à ceux-ci l'Évangile.

Mais l'important est la manière qu'il indique pour cette évangélisation, celle-là même dont vivait Jésus : « *À Nazareth, il vivait au milieu du monde* » (art. IX). « *À Nazareth, il donnait avec une bonté et une charité infinies* » à ceux et celles qui vivaient avec lui. « *Il donnait son cœur, sa tendresse, sa compassion, ses bonnes paroles, ses soins, ses services* » (art. XXI). Il s'agit donc, pour chacun des frères et sœurs de l'Association, d'être comme Jésus, d'être « *un Évangile vivant pour ceux qui les entourent* » (art. XXVIII) : qu'ils fassent « *voir l'Évangile dans leur vie* » (id.) : « *L'exemple est la seule œuvre extérieure par laquelle ils puissent agir sur les âmes tout à fait rebelles à Jésus ;* [...] *cette action par l'exemple est d'autant plus forte qu'elle n'excite aucune défiance, toute apparence de tromperie ou de séduction en étant écartée* » (id.).

À l'un des premiers membres de l'Association, un laïc de Lyon, Joseph Hours, Foucauld écrira, le 3 mai 1912 : « *Ce sont les vertus fondamentales qui manquent ou sont trop faibles, les vertus chrétiennes fondamentales elles-mêmes : charité, humilité, douceur.* » Dès lors, toute méthode de coercition et de prosélytisme est écartée : Jésus ne nous a pas « *appris à parler avec aigreur, avec rudesse, à injurier, à prendre les armes* », dit-il dans la même lettre, et il ajoute : « *Bannir loin de nous l'esprit* ***militant****.* » « Militant » est souligné : ce terme n'était encore, alors, qu'un adjectif dont Littré donne comme synonyme : « *luttant, combattant, agressif* » ; Foucauld veut une radicale non-violence dans l'évangélisation. Toujours à J. Hours, il indique ce qu'il souhaite des membres de l'Association : « *Regarder tout humain* *comme un frère bien aimé. Voilà leur programme : amour, amour, bonté, bonté.* » « *Que les frères et sœurs soient bons* », répète-t-il plusieurs fois à l'article XXVIII : « *Cette bonté, c'est envers tous qu'il faut l'avoir.* » Foucauld fait ainsi l'apologie de la bonté telle que la feront, à la fin du XXe siècle, Emmanuel Lévinas ou Paul Ricœur.

De 1909 à sa mort (1er décembre 1916), il ne cessera de réfléchir à ces Statuts, de les remanier, de les simplifier, jusqu'à cet abrégé de 6 pages qu'il écrit en juillet 1916 (publié ici en Annexe II). Il garde les longs Statuts (65 pages) qu'il a écrits de Pâques à Pentecôte 1908 ; mais ceux-ci sont devenus, sous le titre *Directoire,* le commentaire des Statuts abrégés publiés à Alger ; et ils ne sont communiqués qu'aux nouveaux membres de l'Association (qu'il appelle aussi Union), sous forme de copie dactylographiée, lors de leur adhésion : « *Ils seront, dans ma pensée, donnés à chaque Frère à son entrée dans l'Union, sous le titre de Conseils* » (Lettre à Louis Massignon, 17 avril 1915[1]). À sa cousine, le 31 juillet 1916, quatre mois avant sa mort, Foucauld écrit qu'il est en train de travailler à l'Union, « *en simplifiant et abrégeant extrêmement les statuts, en modifiant complètement et simplifiant l'organisation* ».

Il a donc bientôt changé le titre de son Association, devenue Union des Frères et Sœurs du Sacré-Cœur de Jésus et lui donne « *la forme d'une archiconfrérie* » (lettre à l'abbé Crozier, 23 juillet 1914), forme souple qui permet qu'y soient agrégées non seulement des personnes individuellement, laïques ou consacrées, mais aussi des communautés religieuses en tant que telles.

C'est ainsi qu'il commence à mettre sur pied un réseau

1. Jean-François SIX, *L'Aventure de l'Amour de Dieu, 80 lettres inédites de Charles de Foucauld à Louis Massignon,* Paris, Seuil, 1993, p. 182.

de frères et sœurs évangéliques, tous engagés dans un même désir d'aimer et de faire aimer Jésus, là où ils sont, dans et par leur vie de Nazareth, leur vie de tous les jours. Il pense à un *« bulletin »* comme *« lien »* entre les frères et sœurs, tous *« ouvriers évangéliques »*. Il recueille les adhésions : elles seront, à sa mort, au nombre de 49 ; Charles de Foucauld s'est mis lui-même au numéro 9 dans la liste où il copie les noms et adresses des membres de l'Union. À sa mort, sur les 49 adhérents qui sont inscrits, on trouve 21 prêtres, dont le père de Foucauld lui-même, 25 laïcs, dont Louis Massignon, une religieuse et deux carmels[1].

Lors de son deuxième voyage en France, de juin à septembre 1913, Foucauld s'entretient de l'Union avec, entre autres, Mgr Bonnet et Louis Massignon, le chanoine Crozier et Joseph Hours, un prêtre de Paris, l'abbé Laurain. Mgr Bonnet reconnaît alors l'Union pour son diocèse. Des corrections sont apportées aux Statuts et au Directoire sur les conseils des uns et des autres ; une édition lithographiée en est faite par l'abbé Laurain. Mais personne ne veut prendre en charge l'Union ; l'abbé Laurain a seulement accepté de rendre quelques services de secrétariat.

Foucauld se propose de revenir en France en 1915 pour s'occuper de l'Union. Mais la guerre éclate et le voyage est différé. Il prévoit donc de faire son voyage après la fin de la guerre, *« à la paix »* (lettre à L. Massignon, 17 avril 1915).

À la mort de Foucauld, le 1er décembre 1916, Massignon écrit à l'abbé Laurain, lui demandant ce que va devenir l'Union : *« Actuellement, la chose est, humainement parlant, complètement terminée »*, lui répond l'abbé Laurain le 20 février 1917. *« Il semblait bien que Dieu l'avait suscité pour quelque chose de spécial. Et voilà que tout est détruit par*

1. Cette liste, avec annotations sur les adhérents faites par L. Massignon, se trouve en Annexe VII, pages 155 à 167.

sa mort. » L'abbé Laurain ajoute que Foucauld s'était *« très peu expliqué avec lui »* sur l'Union : *« Je le trouvais même trop fermé, trop silencieux. C'était gênant pour le succès de l'œuvre. Comme il devait en prendre la direction, il n'y avait cependant pas d'inconvénient grave. Maintenant le voilà près de Jésus. Il semble que son idée ne peut plus se réaliser. »*

Massignon, lui, ne s'avoue pas vaincu. Il remue ciel et terre : des autorités ecclésiastiques et aussi un académicien célèbre, René Bazin, à qui il demande une biographie de Charles de Foucauld après que l'abbé Laurain lui a remis, le 28 février 1917, une copie des longs Statuts écrits en 1908 (devenus le Directoire). Massignon pourra écrire, le 9 juillet 1951, à mère Marie-Charles de Jésus : *« J'ai ramassé par terre en 1917 l'œuvre en gestation du Père [...]. Le message de Jésus (à travers Foucauld) n'est pas de fonder des congrégations ou des administrations (qui fossilisent l'Esprit Saint), c'est de prendre entre nos bras, avec Ses pauvres, Ses réfugiés, l'Hôte divin, serrant contre notre cœur indigne Ses plaies, mourant avec Lui de l'incompréhension des gens bien pensants et "respectables". »*

Dès mars 1917, Massignon lance une *Association Foucauld* et lui trouve un président, Mgr Le Roy.

La biographie écrite par R. Bazin est publiée en 1922 et connaît un immense succès[1]. Deux ans plus tard, Bazin compose une anthologie de textes de Foucauld sous le titre *Écrits spirituels.* Louis Massignon édite les Statuts longs à son compte, en 1928, sous le titre *Directoire* (texte de 1909-1913) ; ce texte est *« publié avec un avertissement, des variantes et cinq annexes »*, est-il indiqué en sous-titre. Sur la page de couverture, le nom de l'auteur : « F. Charles de Jésus (Charles de Foucauld). »

Très vite, Massignon prend ses distances avec l'Association, dont les vues sont, à ses yeux, trop proches des

1. Cf. J.-F. Six, *op. cit.*, p. 231-232.

conceptions missionnaires de l'époque et trop empreintes de prosélytisme. Il réunit autour de lui un petit groupe d'hommes et de femmes, prêtres et laïcs, qui s'inspirent de la spiritualité du Directoire, groupe qu'il appelle, dès 1947, « Sodalité du *Directoire* »[1]. Il en animera les rencontres jusqu'à sa mort[2].

En 1955, à Beni Abbès, dans une rencontre des disciples de Foucauld où est reconstituée l'Association de 1917, Massignon a la grande joie de voir reconnue la Sodalité par Mgr de Provenchères, qui vient d'être élu *« 5e président de l'Association (réorganisée) »*.

En cette même année 1955, dans le bulletin *Jesus Caritas* de cette Association, il présente la Sodalité et rappelle que *« cette sodalité est née du vivant de frère Charles de Jésus [...] depuis une nuit d'adoration passée ensemble au Sacré-Cœur de Montmartre, 22 février 1909 »*. En 1949, devenu prêtre, Massignon s'était rendu à Tamanrasset (où il n'était jamais allé), sur le lieu même de la mort de Foucauld : *« Là, dans la nuit du 19 au 20 octobre 1950, de 11 heures du soir à 4 heures du matin, j'ai eu ma* ***nuit d'adoration avec Foucauld, dans son bordj****; nuit noire, plus noire que notre première nuit d'adoration ensemble, au Sacré-Cœur, en 1909. »*

En 1961, un an avant sa mort, Massignon fait rééditer le *Directoire* en y ajoutant trois annexes : un article sur l'Union qu'il avait publié dans la *Vie spirituelle* en 1922 ; l'article de *Jesus Caritas* de 1955 sur la Sodalité et une

1. « Sodalité » désignait, au Moyen Âge, une confrérie. Massignon – il avait lu que Foucauld souhaitait que les frères et sœurs de l'Union fassent partie de *« la confrérie du Saint-Rosaire »* (art. XV) – s'est inspiré de Léon XIII qui, dans ses encycliques sur *« la confrérie du Saint-Rosaire »*, appelle cette confrérie « Sodalité » (du latin *sodalitas*, compagnonnage).

2. Paul Flamand, fondateur des Éditions du Seuil, en faisait partie.

« liste » des 49 premiers membres de l'Union à la mort de Foucauld (avec une brève biographie de chacun d'eux).

En conclusion de cette liste, il évoque l'ensemble des disciples qui se sont réclamés de Foucauld : *« Les uns tirèrent le sel de leur vie quotidienne de la seule spiritualité de son* Directoire. *Tandis que les autres, faisant partie d'un institut religieux distinct, trouvèrent dans la méditation du* Directoire *un moyen d'universaliser,* ***sans la quitter****, leur obédience religieuse particulière. »* Ainsi, pour lui, le texte du *Directoire* est au cœur de leur spiritualité à tous, quels qu'ils soient, prêtres, religieux, religieuses, laïcs.

Dans le compte rendu d'une réunion du groupe du *Directoire*, le 10 décembre 1947, Massignon écrit au sujet de ce texte : *« Il ne s'agit pas de changer de rédaction, mais de dégager les pensées maîtresses, intactes. Cela dit, il est certain que le legs du P. de Foucauld à ses amis est surtout un esprit de charité, universel, qui ne saurait être limité aux musulmans seuls, ni seulement à la France d'outre-mer. »*

L'abbé Crozier, de Lyon, fut l'un des membres les plus fervents et l'un des meilleurs communicateurs de l'Union. Il y voyait *« une application efficace de la communion des saints entre tous ceux qui veulent aimer et faire aimer le bon Dieu et le Cœur de Jésus »*[1]. C'est en effet un des points essentiels : il s'agit d'une « communion », d'une fraternité de baptisés, sans distinction hiérarchique, dans la communion des saints. Deux mois avant sa mort, le 1er octobre 1916, Foucauld insistait encore sur *« la nécessité des Priscille et Aquila »* et il parlait de leur *« sacerdoce mystique »*. L'essentiel était, pour lui, de vivre la vie évangélique, la vie de Jésus à Nazareth, en étant tous liés les uns aux autres.

On a vu qu'il ne s'était pas considéré comme un fondateur, qu'il s'était placé simplement dans la liste des membres

1. Cf. J.-F. Six, *op. cit.*, p. 225.

de l'Union. Il se voyait, vis-à-vis de Massignon par exemple, comme un *« frère aîné »* (lettre du 7 avril 1912). Les 48 qui font partie de l'Union à sa mort, ce sont des *« frères et sœurs »* ; ce n'est pas là, à proprement parler, une postérité, comme lorsqu'il s'agit d'un père : pour lui, ceux et celles qui vivent l'Évangile dans leur vie de tous les jours, leur Nazareth à eux, sont des *« frères et sœurs »* en Jésus, qui est le premier frère, le frère aîné.

Tous ceux qui se réclament de la spiritualité de Charles de Foucauld sont, dès lors, les uns envers les autres, prêtres, laïcs, religieux, des *« frères et sœurs »*. Pour Massignon, tous ceux qui, d'une manière ou d'une autre, selon Jésus et l'Évangile, vivent leur insertion de Nazareth, ont pour frère Charles de Foucauld, *« frère universel »*.

Tout texte spirituel est marqué par son époque. Le titre lui-même que reçoivent *« les frères et sœurs »* de l'Union s'inspire de *« la consécration du genre humain au Sacré-Cœur de Jésus »*, que le pape Léon XIII avait faite en 1899[1].

On a souligné, sur un plan profane, combien Foucauld demeurait de son époque en admettant, comme la plupart de ses contemporains, le système colonial – même s'il avait prévu, dès 1908, qu'il s'effondrerait, même s'il avait condamné les abus de ce système.

On peut, sur le plan religieux, s'étonner de certaines dévotions et prières auxquelles Foucauld invite ; ou encore de sa conception des *« infidèles »* : Foucauld est très frappé (note de 1913) par le fait qu'il y a davantage d'*« infidèles »* dans les colonies françaises, *« 40 millions »*, *« qu'il n'y a de chrétiens en France »*. Et dans la même note, il précise ce que sont pour lui ces *« infidèles »* : *« Nous entendons par infidèles non pas les non-baptisés d'Europe, les athées d'Europe et*

1. Voir ci-dessous, « Prières diverses », p. 115-116.

d'Amérique, ni les Israëlites, mais les musulmans, les idolâtres, les sectateurs des fausses religions de la Chine, du Japon et de l'Inde etc. » Reste qu'il laisse aux membres de l'Union le soin d'*« examiner quels sont les peuples infidèles très délaissés »* vers qui diriger leur aide spirituelle (art. XXXIX).

On peut enfin s'agacer de la minutie avec laquelle il prévoit l'organisation de l'Union ; mais là-dessus, on sait qu'il s'était plié à la structure « confrérie » telle que l'Église la voulait alors et qu'il avait le projet de faire de *« grandes simplifications »* (à Massignon, 22 juillet 1914).

Ce qui est nouveau et proprement révolutionnaire pour son époque – et la nôtre –, c'est sa conception de la mission. La mission, non plus vue en termes conquérants mais en termes de partage de la condition humaine et de la vie des peuples : il l'a prouvé dans et par ses travaux scientifiques[1] consacrés aux Touareg, chez qui il a voulu vivre comme l'un d'entre eux. Mais c'est surtout son extrême amour envers Jésus et son Évangile, un amour simple et savoureux qui bouleversera Massignon et tous ceux qui l'ont rencontré. Massignon cite, en annexe IV, le passage d'une lettre que lui adresse Foucauld le 22 juillet 1914 : *« Il faut tâcher de nous imprégner de l'esprit de Jésus en lisant et relisant, méditant et reméditant sans cesse ses paroles et ses exemples. »*

Si l'on met à leur place les scories qui viennent du tempérament de Foucauld et de son époque, si, dans ses textes, on dépasse la simple lettre, on découvre l'esprit, un paysage évangélique d'une grande beauté, cachée et forte.

Ces textes foucauldiens, au-delà de tout ce qu'ils ont à la fois de situé et d'inachevé, ne peut-on pas les comparer à d'autres textes, à ceux de François d'Assise par exemple ? Foucauld a dit lui-même que, si François d'Assise avait

1. Cf. M. Serpette, *Foucauld au désert*, Paris, DDB, 1997.

voulu imiter la vie publique de Jésus et sa prédication de l'Évangile, lui voulait imiter la vie de Jésus à Nazareth, ses silences, sa présence quotidienne. François a voulu, lui aussi, aller au-devant des *« infidèles »*; François en qui Freud voyait *« une disposition à l'amour universel pour l'humanité et le monde*[1] *»*.

François a composé une Règle qui demande que l'on suive l'Évangile *« à la lettre, sans glose »*: on a vu que la première Règle établie par Foucauld sera, comme celle de François d'Assise, jugée trop dure, impraticable. Or la Règle de Charles, comme celle de François de 1221, est faite d'abord de citations évangéliques. François veut que les responsables demeurent des *« frères »* et non pas une autorité religieuse : *« Que nul ne soit appelé père mais que tous soient d'une manière générale appelés "frères mineurs". L'être "mineur" exprime une conception à laquelle François restera toujours fidèle et qu'il défendit sans relâche, sa vie durant : continuer à partager l'existence précaire des exclus, des pauvres et des faibles*[2]. » Charles voulait lui aussi aller à *« la dernière place »*, celle qu'a prise Jésus, et à la place des derniers, en frère de tous les hommes. Pour Charles comme pour François, *« on ne peut amener quelqu'un à changer que par l'exemple*[3] *»*.

François d'Assise, Charles de Foucauld, des êtres impossibles, des âmes de feu, de très grands amoureux de leur *« bien-aimé frère et Seigneur Jésus »*, comme disait Foucauld, et de tous leurs frères humains. Des êtres au souffle évangélique sans pareil.

Jean-François SIX

1. *Malaise dans la civilisation,* 1929 (éd. PUF, p. 52).
2. Cf. Ch. Frugoni, *Saint François d'Assise,* Paris, Noêsis, 1997, p. 71.
3. *Id.*, p. 72.

AVERTISSEMENT

Le texte inédit qui est donné ci-après forme un « Règlement » de vie, qui est plus connu sous le titre de « Directoire », — et que le P. de Foucauld pensait publier sous le titre de *Conseils*[1]; il se trouve établi suivant la copie dactylographiée qu'il m'en fit remettre lui-même[2].

Ce texte se présente, au premier abord, comme un simple « commentaire explicatif » rédigé en 1909, article par article : pour faciliter l'intelligence des *Statuts* de son Association de prières, — statuts approuvés par l'archevêque de Carthage et imprimés à Alger en 1909. Les statuts ayant subi de légères retouches en 1909-1913[3], le texte du Direc-

1. Voir Annexe II, app. A.

2. Voir Annexe V. Les variantes sont données [entre crochets]. L'original n'en a pas été retrouvé. La copie remise par l'abbé Laurain à L. Massignon, lors d'une permission militaire (Issy, 21 févriers 1917), fut refaite sur celle qui avait été destinée à Mgr Maxime Caron (supérieur du Séminaire de Grandchamp à Versailles, mort à Nazareth à son Orphelinat de Jésus adolescent, le 27 juin 1929), au cas où il serait autorisé à prendre la direction de l'œuvre en France (cf. lettres Foucauld-Caron, 11 mars à 10 juin 1909). Mgr Caron, premier biographe de Foucauld dès 1905 (ap. *Au pays de Jésus adolescent*), avait écrit auparavant un *Jésus adolescent* que Foucauld admirait presque à l'égal de l'*Imitation*, le sentant très proche de son propre « *Notre modèle* », (Add. de la 3e éd.)

3. Voir liste ap. Annexe A.

toire fut remanié en conséquence, et finalement dactylographié sous sa forme actuelle, en vue d'une distribution aux premiers adhérents, à la fin de 1913, avec approbation de Mgr Bonnet, évêque de Viviers.

Les statuts de 1909, dont le Directoire forme en apparence le commentaire, dérivent directement des « constitutions » préparées en 1899-1901 pour la communauté religieuse que le P. de Foucauld espérait alors fonder; et le « Règlement » de vie, commentant ces constitutions, est à la base du présent Directoire.

Un temps viendra, sans doute, où il sera possible d'étudier les sources cisterciennes de ce « Règlement », — « consuetudines », comme l'appelait le Père, — ces « us », comme disent les Trappistes[1], — de discerner aussi ce qui s'y est ajouté : influences des règles augustinienne, franciscaine et carmélitaine, — suggestions d'amis expérimentés, de prêtres éminents comme MM. Huvelin, Yanveu et Crozier.

Contentons-nous ici de rappeler ce que Charles de Foucauld a dit souvent et avec force[2] : le « Règlement » ou « Directoire » d'une Association religieuse est beaucoup plus significatif pour la vie surnaturelle des siens que la lettre de ses « constitutions » ou « statuts »; il l'informe de son esprit, il y oriente le cœur. Ce que son Règlement comme son Directoire nous font entrevoir, c'est donc ce qui caractérise l'ensemble de ses œuvres de zèle (qui varièrent) :

1. Le Règlement trahit en maints endroits son expérience de la Trappe.

2. Voir Annexe II, app. A et le chapitre V de son texte de 1901 : « Ce règlement contient très peu de prescriptions extérieures; afin que nous n'ayons pas l'esprit occupé de telles ou telles observances... mais que, libres de ces soins, nous ayons l'âme uniquement occupée à aimer Dieu. Le but de ce Règlement est de nous donner une vie de famille, toute simple, toute dénuée de ce qui peut détourner l'esprit de la contemplation de Dieu, une vie comme celle de la très sainte Vierge et de saint Joseph à Nazareth. »

c'est la forme divine de sa vie. Ses lettres à ses amis témoignent d'ailleurs assez, par les citations dont elles sont pleines, du rôle permanent et central que ce texte joua dans ses méditations, chaque jour.

Nous ne serons donc pas étonnés que de 1901 à 1909, — années de prière continuelle pour l'établissement de son œuvre, envisagée d'abord comme un ordre cloîtré, pour aboutir à la fondation d'une simple association de prières, — les « us » du P. de Foucauld, qu'on les nomme « Règlement » ou « Directoire », se soient maintenus substantiellement intacts, tandis que les « constitutions », atténuées en « statuts », subissaient des remaniements fréquents.

Aucune retouche n'a été faite de 1901 à 1909 (et à 1916) au texte de la première partie du Règlement, manuel de citations évangéliques intitulé *Notre Modèle*. Quant à la seconde partie, ou *Règlement* proprement dit, à part les remaniements de rédaction provoqués par les changements d'organisation administrative, elle est demeurée intacte « quant au fond », comme il me l'a écrit maintes fois. Ce sont bien, nous le marquons en note aux passages essentiels[2], les mêmes « conseils » pour la pratique des

1. Dans son *Carnet personnel* (inédit), les « Résolutions » de ses *retraites annuelles* de 1904, 1905, 1907, 1908, 1909, confirmant celle du 2 février 1903, portent invariablement : « Observer le Règlement des petits frères et sœurs du Sacré-Cœur de Jésus, toute ma vie, les fonder et les établir ».

2. On pourrait établir en détail une table de concordance par transposition entre le texte de 1901 (n^os^ en chiffres romains) et celui de 1909-1913 (en chiffres arabes). Les articles préliminaires coïncident; les articles I-III (= 1-3), VI-X (= 9-13), XI (= 5), XII-XIII (= 14-15), **XIV (= 18), XV (= 16),** XVII (= 17), XVIII (= 19), XXI (= 20), XXII (= 4), XXIV (= 34), XXVIII (= 21), XXXI-XXXV (= 22-26), XXXIX (= 27), XL (= 40) sont directement apparentés; seuls les articles IV-V, XVI, XIX-XX, XXIII, XXV-XXVII, XXIX-XXX, XXXVI-XXXVIII de 1901, et les articles 6-8, 28-33, 35-39 de 1909, concernant des conditions de fait différentes, n'offrent pas de passages parallèles étendus.

vertus, les mêmes dévotions expresses, la même « triple vocation » proposée, sous le même nom, aux âmes de bonne volonté qu'il a voulu grouper pour perpétuer son œuvre.

Le Directoire de 1909-1913 marque la maturité des saints désirs dont le Règlement de 1899-1901 avait enclos l'ardente floraison; la saison de l'abnégation est venue; l'appel de Charles de Foucauld se fait plus humble et plus ample; sous une forme plus sobre et mieux articulée, — précisant des voies et moyens apostoliques définis pour amener les âmes à aimer Dieu, — la même grâce spéciale intervient, cette même discipline de vie intérieure dont le secret lui avait été donné à Nazareth, et qu'il voulait dès cette époque léguer à ses amis en l'Église : à ses « frères » et à ses « sœurs »; avec « l'espoir fondé de terminer leur vie par le martyre[1] » : cette grâce, qui a été pour lui semence de la gloire.

LOUIS MASSIGNON.

Paris, ce 9 mars 1928.
Fête de sainte Françoise Romaine.

1. *Texte de 1901*, chap. XI.

UNION DES FRÈRES ET SŒURS DU SACRÉ-CŒUR DE JÉSUS

CONFRÉRIE POUR LA PRATIQUE DES VERTUS ÉVANGÉLIQUES, LA DÉVOTION AU T. S. SACREMENT ET LA CONVERSION DES INFIDÈLES APPARTENANT AUX COLONIES DE LA MÈRE-PATRIE.

DIRECTOIRE

[NOTRE MODÈLE, ET COMMENTAIRES DES STATUTS]

IESVS

CARITAS

Cor Jesu Sacratissimum
adveniat regnum tuum
(300 j. d'ind.)

[1913]

LETTRE DE S. G. Mgr LÉON LIVINHAC

[ARCHEVÊQUE D'OXYRRHYNQUE, ALORS] ÉVÊQUE DE PACANDO, SUPÉRIEUR GÉNÉRAL DES PÈRES BLANCS.

19 mars 1909.

Je tiens à vous répéter par écrit ce que je vous ai dit de vive voix relativement à votre pieux projet.

L'Union des Frères et Sœurs du Sacré-Cœur de Jésus sera pour nous un puissant secours dans l'œuvre de la conversion des infidèles.

Ce qu'il faut, en effet, pour cette grande œuvre, ce sont des grâces de choix, des missionnaires pieux et zélés et des ressources pécuniaires pour assurer aux ouvriers évangéliques le pain de chaque jour.

Or, la Confrérie que vous projetez a précisément pour but d'attirer sur les hommes apostoliques, par la prière et la pratique parfaite des vertus chrétiennes, les grâces de choix dont ils ont besoin, de susciter des vocations et, par là même, de venir en aide aux missionnaires; sans parler de la salutaire influence que certains membres de l'union exerceraient sur les néophytes et sur les infidèles en allant s'établir au milieu d'eux.

C'est donc de tout cœur que je bénis votre grande et sainte entreprise et que je conjure le divin Maître de vous aider à triompher des obstacles qu'elle rencontrera et dont le plus grand, me semble-t-il, sera le recrutement des membres de la Confrérie. Vous n'admettez, en effet, et vous avez raison, que des âmes d'élite, résolues à pratiquer chacune selon sa vocation les conseils évangéliques dans toute leur perfection. De telles âmes ne se trouvent pas facilement, mais rien n'est impossible à Dieu. S'Il veut votre œuvre, Il la réalisera. Fiat! Fiat! *Je le Lui demande de tout cœur en vous bénissant.*

LETTRE DE S. G. Mgr FRÉDÉRIC BONNET
ÉVÊQUE DE VIVIERS[1]

6 mars 1909[2]

Oui, j'approuve votre projet et je lui souhaite plein succès; mais si Dieu veut qu'il se réalise, que de difficultés il va rencontrer et par quelles souffrances il [lui] faudra conquérir sa place au soleil de la sainte Église! Ce n'est pas un motif pour reculer, c'est au contraire un encouragement à se mettre vaillamment à l'œuvre. Je vous aiderai par mes pauvres prières; c'est un bien misérable appoint, mais l'œuvre vaut la peine qu'on s'y emploie de tout son pouvoir[3].

1. L'auteur de cette lettre fit attendre cinq ans l'autorisation de la reproduire; ce qui obligea le P. de Foucauld à la faire « masquer » dans la première édition des *Statuts,* où elle avait été prématurément imprimée; en suite de quoi le Père songea à la remplacer, en tête du présent *Directoire,* par une lettre du T. R. P. Guérin, vicaire apostolique du Sahara.

2. De la correspondance échangée entre le P. de Foucauld et l'abbé Laurain, il résulte que la révision des statuts s'était faite en 1909, d'accord avec M. l'abbé Huvelin et l'approbation de S. G. Mgr Bonnet (lettre Foucauld, 1er mars 1909); qu'après deux hésitations de S. G. Mgr Bonnet, attendant pour déclencher l'œuvre que des adhérents aient pu être recrutés à Lyon, Marseille et Alger (lettre Foucauld, 28 novembre 1913) (cf. lettre du 10 octobre 1913), S. G. Mgr Bonnet acquiesça finalement à la publication des *Statuts* et à la copie dactylographiée du *Directoire,* en autorisant la publication de la lettre ci-dessus (lettre Foucauld, 5 avril 1914).

3. Aux lieux et place des deux lettres-préfaces épiscopales, — imprimées dès 1909 en tête de la brochure des *Statuts,* — plusieurs copies du présent *Directoire* contiennent, par erreur, les deux premières pages du projet de règle de 1899-1901 : c'est-à-dire : 1° en titre « Jesus-Caritas / Constitutions / des petits frères du Sacré-Cœur de Jésus (texte latin suivi du texte français) »; 2° en frontispice, la légende : « *Ecce Sponsus* » devant accompagner une image du Sacré-Cœur, « approuvée par un bref de Léon XIII *texte 1901*, chapitre XXXVI, propriété de la Librairie Saint-Paul, 6, rue Cassette, Paris ». (On a de cette image bien connue (les bras étendus) une copie stylisée, fort remarquable, de la main du Père) (D. J.).

[Nous ne reproduisons ici ni l'*Introduction,* ni les *Statuts,* publiés ensemble en 1909, à Alger (39 pp. in-18, imprimés à 500 exemplaires; 2e édition, corrigée, lithographiée s. l. n. d. [Paris, 1913]; 3e édition, imprimée le Caire, 1917); car le R. P. de Foucauld les avait remplacés en 1916 par un texte nouveau, beaucoup plus bref, que l'on trouvera en appendice (*Annexe n° II*).]

DIRECTOIRE

DE L'UNION DES FRÈRES ET SŒURS DU SACRÉ-CŒUR DE JÉSUS

NOTRE MODÈLE [1]

Il fut nommé Jésus.

SES FINS. Père, glorifiez votre nom.

Père, glorifiez votre Fils, pour que votre Fils vous glorifie.

Dieu a tant aimé le monde qu'Il a envoyé son Fils unique pour que le monde fût sauvé par lui.

RÉSUMÉ DE SA VIE. Le Verbe s'est fait chair.

Elle mit au monde son Fils. L'enveloppant de langes, elle Le déposa dans une crèche.

Il descendit avec eux, et Il vint à Nazareth, et Il leur était soumis.

Il fut poussé par l'Esprit au désert.

Il parcourut toutes les villes et les villages, prêchant l'Évangile et guérissant les malades.

Il fut crucifié, inclinant la tête, Il rendit l'esprit.

Il est ressuscité comme Il l'a dit.

Il les bénit, et en les bénissant Il s'éleva au Ciel.

PRINCIPALES VERTUS ENSEIGNÉES. 1. FOI. Dieu a tant aimé le monde qu'Il a envoyé son Fils unique, afin que

1. Publié au Caire en 1917. Composé à Nazareth 1898-1899. Sous le titre *Le Modèle Unique*, l'autographe, remis à l'abbé Huvelin (20 avril 1906), a été publié par son légataire, le comte Romuald de Richemont, en fac-similé à Marseille (Éd. Publiroc) en 1935 (cf. *Corr. inédite Foucauld-Huvelin*, publ. Six, 1957, pp. 256-260). (Add. de la 3e éd.)

quiconque croit en Lui ne périsse pas, mais ait la vie éternelle.

Celui qui croit en Lui n'est pas condamné, mais celui qui ne croit pas est déjà condamné parce qu'il ne croit pas au nom du Fils unique de Dieu.

Celui qui croit à Celui qui m'a envoyé a la vie éternelle et ne vient pas en jugement, mais il passe de la mort à la vie.

Je suis venu dans le monde, moi la Lumière, afin que ceux qui croient en moi ne restent pas dans les ténèbres.

En vérité, en vérité, je vous le dis, celui qui croit en moi a la vie éternelle.

Celui qui croit en moi, des fleuves d'eau vive jailliront de son cœur.

Celui qui ne reçoit point mes paroles a pour juge la parole même que j'ai annoncée; c'est elle qui le jugera au dernier jour.

Le ciel et la terre passeront, mais mes paroles ne passeront point.

Que votre cœur ne se trouble pas.

Croyez en Dieu et croyez en moi.

Pourquoi êtes-vous craintifs, hommes de peu de foi ?

Si vous avez de la foi, sans aucune hésitation, et si vous dites à cette montagne : ôte-toi, et jette-toi dans la mer, cela se fera; et tout ce que vous demanderez dans la prière avec foi, vous l'obtiendrez.

2. Amour de Dieu. Rendez à Dieu ce qui est à Dieu.

Le premier commandement est : Vous aimerez Dieu de tout votre cœur, de toute votre âme, de tout votre esprit et de toutes vos forces.

Je suis venu allumer un feu sur la terre, et que veux-je, sinon qu'il s'enflamme ?

Demeurez en moi et moi en vous.

Demeurez dans mon amour. Si vous gardez mes commandements, vous demeurerez dans mon amour.

Si vous m'aimez, gardez mes commandements, comme j'ai moi-même gardé les commandements de mon Père, et je reste dans son amour.

Afin que le monde connaisse que j'aime mon Père, et que je fais ce que mon Père m'a ordonné, venez, sortons d'ici!

Mon Père, Vous êtes en moi, et moi en Vous.

3. Recherche du bien de Dieu. Je ne cherche pas ma propre gloire.

Un autre la cherchera et me fera justice. J'honore mon Père.

Il faut que je sois à ce qui regarde le service de mon Père.

Père, je vous ai glorifié sur la terre; j'ai accompli l'œuvre que vous m'avez donnée à faire.

Que votre [Saint] Nom soit sanctifié. Que votre Règne arrive. Que votre Volonté se fasse.

Père, glorifiez votre nom.

4. Obéissance a Dieu. Si vous persévérez dans mes enseignements[1], vous serez vraiment mes disciples.

Quiconque fait la Volonté de mon Père est mon frère, ma sœur et ma mère.

Celui qui m'aime, c'est celui qui obéit à mes paroles.

Ma nourriture est de faire la volonté de mon Père.

Je suis descendu du ciel non pour faire ma volonté, mais pour faire la Volonté de mon Père.

Mon Père est avec moi et ne me laisse pas seul, parce que je fais toujours ce qui Lui est agréable.

Je ne parle pas de moi-même, mais mon Père m'a pres-

1. [*Texte 1901* : commandements.]

crit par son commandement ce que je dois dire et comment je dois parler.

Ce que je dis, je le dis selon que mon Père me l'a ordonné.

Non ma volonté, mais la Vôtre.

5. Imitation de Dieu. Soyez parfaits, comme votre Père céleste est parfait.

Le disciple n'est pas au-dessus du Maître, mais il est parfait s'il est semblable à son Maître.

Je vous ai ordonné l'exemple pour que comme j'ai fait, vous fassiez aussi. Heureux serez-vous si vous comprenez cela et si vous le faites.

Celui qui me suit ne marche pas dans les ténèbres, mais il aura la lumière[1] de la vie.

Si quelqu'un veut me servir, qu'il me suive.

Si tu veux être parfait, vends ce que tu as, donne-le aux pauvres, et suis-moi.

Suivez-moi.

Le Fils de l'homme ne peut rien, sinon ce qu'il voit faire au Père.

Tout ce que le Père fait, le Fils le fait comme lui.

6. Prière. Veillez et priez en tout temps.

Veillez et priez avec moi.

Là où seront deux ou trois personnes assemblées en mon Nom, je serai au milieu d'elles.

Tout ce que vous demanderez en mon Nom, je vous le donnerai.

Si deux d'entre vous s'accordent, quoi qu'ils demandent, cela leur sera accordé.

Ne parlez pas beaucoup en priant, car votre Père sait de quoi vous avez besoin.

1. [*Texte 1901* : les lumières.]

Cherchez le royaume de Dieu et sa justice, et le reste vous sera donné par surcroît.

Demandez, et on vous donnera; cherchez, et vous trouverez; frappez, et il vous sera ouvert. Si vous, qui êtes mauvais, savez donner de bonnes choses à vos enfants, combien votre Père céleste donnera-t-il le bon esprit à ceux qui le lui demandent.

Notre Père qui êtes aux cieux, que Votre Nom soit sanctifié. Que Votre Règne arrive. Que Votre Volonté soit faite sur la terre comme au ciel. Donnez-nous aujourd'hui notre pain quotidien. Pardonnez-nous nos offenses, comme nous pardonnons à ceux qui nous ont offensés. Ne nous laissez pas succomber à la tentation. Délivrez-nous du mal.

Marie était assise aux pieds de Jésus, écoutant sa parole : « Elle a choisi la meilleure part. Une seule chose est nécessaire. »

S'étant levé dès l'aurore, Il sortit et alla dans un lieu désert où Il priait.

Il alla sur une montagne pour prier, et Il y passa toute la nuit en prière.

Mon Père, glorifiez Votre Nom.

Je vous prie, non pour le monde, mais pour ceux que j'envoie, et je vous prie aussi pour tous ceux qui croiront par eux.

Qu'ils soient tous un, pour que tout le monde croie.

Il se prosterna le visage contre terre, priant.

Il alla encore, et pria pour la troisième fois, disant les mêmes paroles.

Étant tombé en agonie, Il redoublait ses prières.

Mon Père, si vous le voulez, éloignez ce calice de moi; cependant, non ma volonté, mais la Vôtre[1].

1. [*Texte 1901* : « Cependant, que votre volonté soit faite, et non la mienne. »]

Père, pardonnez-leur, car ils ne savent ce qu'ils font.

Mon Père, je remets mon âme entre vos mains.

7. SACRIFICE. Heureux ceux qui ont faim.

Heureux ceux qui pleurent.

Heureux ceux qui sont persécutés pour la justice.

Faites pénitence.

Entrez par la voie étroite.

Cette sorte de démons ne se chasse que par le jeûne et la prière.

Si quelqu'un veut être mon disciple, qu'il se renonce, porte sa croix tous les jours, et me suive.

Celui qui ne porte pas sa croix et ne me suit pas ne peut être mon disciple.

Celui qui s'aime se perd, mais celui qui se hait en ce monde se sauve pour la vie éternelle.

Si le grain de blé ne meurt pas, il ne rapporte rien; s'il meurt, il donne beaucoup de fruit.

Quand j'aurai été élevé de terre, j'attirerai tout à moi.

Quand vous aurez élevé le Fils de l'homme, alors vous connaîtrez qui je suis.

C'est pour cela que mon Père m'aime, parce que je quitte ma vie.

Il n'y a pas de plus grand amour que de donner sa vie pour ce qu'on aime.

Le huitième jour, il fut circoncis.

Hérode chercha l'Enfant pour le faire mourir.

Il jeûna quarante jours et quarante nuits.

Les Juifs Le persécutaient.

Ils cherchaient à Le faire mourir.

Ses frères ne croyaient pas en Lui.

La foule Lui dit : « Vous êtes possédé du démon. »

Ils prirent des pierres pour Le lapider.

Mon âme est triste jusqu'à la mort.

Il tomba en agonie.

Il éprouva une sueur comme des gouttes de sang.

Ils Le prirent et Le lièrent.

Un des serviteurs Lui donna un soufflet.

Ils se mirent à Lui cracher au visage, et, Lui ayant bandé les yeux, ils Le frappaient à coups de poing, et les valets Lui donnaient des soufflets.

Crucifiez-Le! Crucifiez-Le!

Il Le fit flageller.

Ils Lui mirent une couronne d'épines; ils Lui frappaient la tête avec un roseau et ils crachaient sur Lui.

Portant sa Croix, Il vient au Calvaire.

Ils Lui offrirent du vin mêlé de myrrhe, mais Il refusa d'en boire.

Ils Le crucifièrent.

Les passants Le blasphémaient.

Mon Dieu, pourquoi m'avez-vous abandonné ?

Inclinant la tête, Il rendit l'esprit.

8. ESPÉRANCE. Celui qui vient à moi, je ne le repousserai pas.

La volonté de mon Père, c'est qu'aucun de ces petits ne périsse.

Je ne suis pas venu appeler les justes, mais les pécheurs.

Beaucoup des premiers seront les derniers, et des derniers seront les premiers.

Votre Père céleste est miséricordieux.

Ayez confiance.

Que votre cœur ne se trouble pas, croyez en Dieu et croyez en moi.

Mon Père, je veux qu'où je serai ils soient aussi, afin qu'ils voient ma gloire.

Ne craignez pas, petit troupeau, il a plu à votre Père de vous donner un royaume.

Celui qui croit en moi vivra éternellement.

Celui qui perd sa vie pour l'amour de moi la retrouvera.

Bienheureux les pauvres d'esprit.

Bienheureux les doux.

Bienheureux ceux qui pleurent.

Bienheureux ceux qui ont faim et soif de justice.

Bienheureux les miséricordieux.

Bienheureux les cœurs purs.

Bienheureux les pacifiques.

Bienheureux ceux qui souffrent persécution pour la justice.

Ne jugez pas, et vous ne serez pas jugés.

Donnez, et on vous donnera. On vous fera la même mesure que vous aurez faite aux autres.

Pardonnez, et il vous sera pardonné.

Venez, les bénis de mon Père. J'ai été nu, malade, affamé, voyageur, et vous avez eu soin de moi.

Il y a beaucoup de demeures dans la maison de mon Père, je vais vous préparer la place.

Je vous prendrai avec moi, et où je serai vous serez aussi.

9. VÉRITÉ. Ne jurez, mais dites : Oui, oui, non, non.

Soyez simples comme des colombes.

Ce que je vous ai dit à l'oreille, criez-le sur les toits.

Celui qui rougit de moi en ce monde, je rougirai de lui devant mon Père. Celui qui me reconnaît en ce monde, je le reconnaîtrai devant mon Père.

Allez par toute la terre prêcher l'Évangile à toute créature.

Je suis venu dans le monde afin de rendre témoignage à la vérité.

Je suis la voie, la vérité et la vie.

Vous êtes donc le Fils de Dieu ? — Vous le dites, je Le suis.

10. AMOUR DU PROCHAIN. Le second commandement est : aimez votre prochain comme vous-même.

Vous êtes tous frères, vous avez un seul Père.

Dieu a tant aimé les hommes qu'il a donné pour eux son fils unique.

Celui qui mange ma chair vit en moi et moi en lui.

Si quelqu'un m'aime, il m'obéira, et mon Père et moi nous ferons en lui notre demeure.

Tout ce que vous faites à un de ces petits, vous me le faites; tout ce que vous négligez de leur faire, vous négligez de me le faire.

Je vous donne un commandement nouveau : c'est de vous aimer les uns les autres comme je vous ai aimés. C'est à cela qu'on reconnaîtra que vous êtes mes disciples.

Qu'ils soient un comme nous sommes un.

Qu'ils soient consommés dans l'unité.

Ne jugez pas.

Ne condamnez pas.

Pardonnez.

La mesure que vous ferez, on vous la fera.

Ne résistez pas au mal.

Si on vous frappe sur la joue droite, tendez la gauche.

Si on veut plaider contre vous pour prendre votre robe, cédez encore votre manteau.

Aimez vos ennemis, faites du bien à ceux qui vous haïssent.

Que les hommes voient vos bonnes œuvres, afin qu'ils glorifient votre Père.

Priez pour que le Maître de la moisson y envoie des ouvriers.

Priez pour vos ennemis.

Faites aux autres ce que vous voulez qu'ils vous fassent.

Heureux les doux.

Heureux les pacifiques.

Heureux les miséricordieux.

Donnez et vous recevrez.

Donnez à quiconque vous demande.

Chaque fois que vous avez vêtu les nus, reçu les voyageurs, nourri les affamés, soigné les malades, c'est à moi que vous l'avez fait; chaque fois que vous ne l'avez pas fait, c'est à moi que vous ne l'avez pas fait.

Celui qui reçoit un enfant en mon nom me reçoit.

Celui qui donne ne fût-ce qu'un verre d'eau en mon nom aura sa récompense.

Quand vous préparez un repas, n'invitez pas les riches, mais invitez les pauvres, les mendiants, les aveugles et les boiteux.

Vous avez reçu gratis, donnez gratis.

Il les envoya prêcher le royaume de Dieu et guérir les malades.

Allez par toute la terre prêcher l'Évangile à toute créature.

Aimez-vous les uns les autres comme je vous ai aimés : il n'y a pas de plus grand amour que de donner sa vie pour ce qu'on aime.

Je vous ai aimés comme mon Père m'a aimé.

Je me suis sanctifié pour eux afin qu'eux aussi soient sanctifiés.

Je vous ai donné l'exemple pour que comme j'ai fait, vous fassiez aussi.

Je suis venu servir et donner ma vie en rédemption pour beaucoup.

Il parcourait les villes et les villages instruisant et évangélisant.

Il guérissait toute langueur et toute maladie.

Ayant embrassé les enfants, Il les bénit.

Ne pleurez pas.

Femme, pourquoi pleurez-vous ?

Pourquoi faites-vous de la peine à cette femme ?

Je suis venu allumer du feu sur la terre, et que veux-je, sinon qu'il s'enflamme.

Je suis le bon Pasteur.

Le bon Pasteur donne sa vie pour ses brebis.

Ayant aimé les Siens qui étaient dans le monde, Il les aima jusqu'à la fin.

Ceci est mon Corps, ceci est mon Sang. Faites ceci en mémoire de moi.

Je suis en mon Père, et vous en moi, et moi en vous.

Je Vous prie pour ceux-ci, et pour tous ceux qui croiront, et afin que tout le monde croie.

Mon ami, que venez-vous faire ?

Il lui toucha l'oreille et le guérit.

Si c'est moi que vous cherchez, laissez aller ceux-ci.

Père, pardonnez-leur, car ils ne savent ce qu'ils font.

11. HUMILITÉ. Si vous ne devenez petits comme ces petits enfants, vous n'entrerez pas dans le ciel.

Celui qui s'élève sera abaissé, et celui qui s'abaisse sera élevé.

Quand vous serez invité, mettez-vous à la dernière place.

Ne faites pas vos bonnes œuvres pour être loués parmi les hommes.

Que votre main gauche ignore ce que donne la droite.

Celui qui est le moindre parmi vous est le plus grand.

Si l'un d'entre vous veut être le premier, qu'il se fasse le dernier de tous et le serviteur de tous.

Je suis doux et humble de cœur.

Le Verbe s'est fait chair.

Il leur était soumis.

N'est-ce pas l'ouvrier fils de Marie ?

Il guérit le lépreux et lui dit : N'en dites rien à personne.

Je ne puis rien faire de moi-même. Mon Père, qui est en moi, fait les œuvres.

Je ne fais pas ma volonté, mais la volonté de mon Père.

Mon Père est plus grand que moi.

Je vis par mon Père.

Je suis parmi vous comme celui qui sert.

12. DOUCEUR. Heureux les doux.

Heureux les pacifiques.

Heureux les miséricordieux.

En toute maison où vous entrez, dites d'abord : la paix soit avec vous.

Je vous envoie comme des brebis au milieu des loups.

Ne résistez pas au mal.

Si on vous persécute dans une ville, fuyez dans une autre.

Si on vous frappe sur une joue, tendez l'autre.

Si on veut vous faire faire mille pas, faites-en deux mille.

Si on veut plaider contre vous pour prendre votre tunique, cédez encore votre manteau.

Donnez à tous ceux qui vous demandent.

Ne redemandez pas votre bien à celui qui le ravit.

Aimez vos ennemis, faites du bien, prêtez sans rien espérer.

Pardonnez. Ne jugez pas. Ne condamnez pas.

Donnez et on vous donnera. On emploiera pour vous la même mesure dont vous vous serez servi pour les autres.

Je suis doux et humble de cœur.

Vous ne savez pas de quel esprit vous êtes.

Ils lui demandèrent de quitter leurs confins. Il se rembarqua.

Mon serviteur est malade. — J'irai et je le guérirai.

Pourquoi faites-vous de la peine à cette femme ?

Moi non plus, je ne vous condamnerai pas.

Je ne suis pas venu juger, mais sauver.

Ceux qui viennent à moi, je ne les repousserai pas.

Je ne vous appelle plus mes serviteurs, mais mes amis.

Quiconque fait la volonté de Dieu est mon frère, ma sœur et ma mère.

Laissez venir à moi les petits enfants. Il les embrassa et les bénit.

Vous êtes possédé du démon. — Je ne suis point possédé, mais j'honore mon Père et vous me déshonorez.

Si j'ai mal parlé, dites en quoi. Si j'ai bien parlé, pourquoi me frappez-vous ?

Mon ami, que venez-vous faire ?

Comme on l'accusait, Il ne répondit pas un seul mot.

Père, pardonnez-leur, car ils ne savent ce qu'ils font.

Tu seras ce soir avec moi en paradis.

Femme, pourquoi pleures-tu ?... Marie!... Va dire à mes frères : Je vais à mon Père et à votre Père.

La paix soit avec vous.

Mes petits enfants, je ne vous laisserai pas orphelins.

Voici que je suis avec vous jusqu'à la consommation des siècles.

Disant ces mots, Il les bénit, et en les bénissant Il s'éleva au ciel.

13. COURAGE. Ne craignez point les hommes qui tuent le corps et ne peuvent tuer l'âme, mais craignez Celui qui peut jeter le corps et l'âme dans l'enfer.

Pas un passereau ne tombe à terre sans la volonté de votre Père.

Tous les cheveux de votre tête sont comptés. Ne craignez donc pas. Vous valez mieux que beaucoup de passereaux.

Pourquoi êtes-vous craintifs ? N'avez-vous pas encore de foi ?

Celui qui rougira de moi en ce monde, je rougirai de lui devant mon Père; celui qui me reconnaîtra devant les hommes, je le reconnaîtrai devant mon Père.

Vous serez en haine à tous à cause de mon nom; mais celui qui persévérera jusqu'à la fin sera sauvé.

Heureux ceux qui souffrent persécution pour la justice.

Il fit un fouet avec des cordes, et Il chassa les vendeurs.

Malheur à vous, Pharisiens hypocrites.

Ils L'observaient pour voir s'Il guérirait un jour de sabbat, afin de L'accuser. Alors Il dit : Étendez votre main.

Les princes des prêtres envoyèrent des gardes pour Le saisir. Dès le point du jour, Il revint au Temple et se mit à instruire.

Avant qu'Abraham eût été fait, je suis. Ils prirent des pierres pour Le lapider.

Mon Père et moi nous sommes une même chose. Ils prirent des pierres pour les Lui jeter.

Mon Père est en moi, et je suis en mon Père. Ils cherchaient à s'emparer de Lui.

Les Juifs voulaient vous lapider, et voici que Vous retournez parmi eux.

Nous allons à Jérusalem. Voici que le Fils de l'homme va être livré, insulté, flagellé et conspué; et après l'avoir flagellé, on Le fera mourir.

J'ai à être baptisé d'un baptême. Et que je suis pressé qu'il s'accomplisse.

Mon Père, délivrez-moi de cette heure. Mais c'est pour cela que je suis venu en cette heure. Père, glorifiez Votre nom.

Quand Judas fut sorti, Jésus dit : Maintenant, le Fils de l'homme est glorifié, et Dieu est glorifié en Lui.

Ne faut-il pas boire le calice que mon Père m'a donné ?

On lui offrit du vin mêlé de myrrhe, mais Il refusa d'en boire.

14. CHASTETÉ. Après la résurrection, on n'aura plus d'époux ni d'épouse; tous seront comme des anges de Dieu dans le ciel.

Il y a des humains qui embrassent la chasteté volontairement, par amour de Dieu; que ceux qui peuvent comprendre, comprennent.

L'ange Gabriel fut envoyé à une Vierge.

Cette Vierge était mariée à un homme nommé Joseph.

Jean est plus qu'un prophète.

Le disciple que Jésus aimait avait sa tête appuyée sur la poitrine de Jésus.

Femme, voilà votre fils. Voici ta mère.

15. PAUVRETÉ. Heureux les pauvres.

Malheur à vous, les riches.

Je vous le dis, en vérité, il est difficile à un riche d'entrer dans le royaume des cieux.

Où est votre trésor, là est votre cœur.

On ne peut servir deux maîtres : on ne peut aimer Dieu et l'argent.

Gardez-vous de toute avarice.

Donnez à quiconque demande, et ne redemandez pas votre bien à celui qui le ravit.

Si on veut plaider contre vous pour prendre votre tunique, cédez encore votre manteau.

Vendez ce que vous avez, et donnez-le aux pauvres; vous aurez un trésor dans le ciel.

Si vous voulez être parfait, vendez ce que vous avez, donnez-le aux pauvres et suivez-moi.

Celui qui ne renonce pas à tout ce qu'il a ne peut être mon disciple.

N'emportez ni pain, ni sac, ni or, ni argent, ni deux tuniques, ni chaussures de rechange, mais seulement votre bâton et vos sandales.

Ne soyez pas inquiets de la nourriture ni du vêtement. Regardez les corbeaux. Regardez les lis.

Ne soyez pas inquiets du lendemain. Chaque jour suffit à son mal.

Hommes de peu de foi! Pourquoi pensez-vous que vous n'avez pas de pain ?

Cherchez d'abord le royaume de Dieu et sa justice et tout le reste vous sera donné par surcroît.

Elle le coucha dans une crèche, car il n'y avait pas de place pour eux dans l'hôtellerie.

N'est-ce pas l'ouvrier fils de Marie ?

L'Esprit le poussa au désert. Il y resta quarante jours, et il y était avec les bêtes.

Il y avait quelques femmes qui l'assistaient de leurs biens.

Les renards ont des tanières et les oiseaux du ciel ont des nids; mais le Fils de l'homme n'a pas une pierre pour reposer sa tête.

Après l'avoir crucifié, ils partagèrent ses vêtements.

16. ABJECTION. Ce qui est élevé aux yeux des hommes est en abomination devant Dieu.

Retire-toi, Satan, tu goûtes ce qui est de la terre et non ce qui est de Dieu.

Qui s'élève sera abaissé, et qui s'abaisse sera élevé.

Que celui qui veut être le plus grand se fasse le serviteur de tous et le dernier de tous.

Quand vous préparez un repas, n'invitez pas les riches, mais les pauvres, les mendiants, les boiteux, les aveugles.

Je vous ai lavé les pieds, moi votre Seigneur et votre

Maître; vous devez aussi vous laver les pieds les uns aux autres.

Le serviteur n'est pas plus grand que son maître. Heureux serez-vous si vous comprenez cela et si vous le pratiquez.

S'ils ont appelé le père de famille Beelzébub, à plus forte raison appelleront-ils ainsi les serviteurs.

On vous traduira en jugement, on vous flagellera dans les synagogues. Vous serez en haine à tous à cause de mon nom. On vous chassera.

N'est-ce pas l'ouvrier fils de Marie ?

Comment sait-il l'Écriture, Lui qui ne l'a pas apprise ?

Ils étaient pécheurs. Et Il leur dit : Suivez-moi.

Il vit un publicain nommé Matthieu; Il lui dit : Suivez-moi.

Le fils de l'homme n'est pas venu pour être servi, mais pour servir.

Je suis parmi vous comme celui qui sert.

Il quitta ses vêtements, et ayant pris un linge, Il le mit autour de Lui.

Il est fou.

Voici un homme de bonne chère et aimant le vin, ami des publicains et des pécheurs.

Il est possédé, et Il chasse les démons par la puissance de Beelzébub.

Il séduit le peuple.

Il blasphème.

Il est digne de mort.

Ils le lièrent.

Un des valets lui donna un soufflet.

Ils lui crachèrent au visage, ils le frappèrent à coups de poing, et ils lui donnèrent des soufflets.

Ils posèrent sur sa tête une couronne d'épines; puis le souffletaient et frappaient sa tête.

Jésus sortit, portant la couronne d'épines et le manteau écarlate.

Et Pilate dit : Voilà l'homme!

On crucifia avec lui deux larrons : l'un à sa droite, l'autre à sa gauche. Ainsi s'accomplit la prophétie : Il a été mis au rang des scélérats.

Les passants le blasphémaient et les soldats le raillaient.

17. RETRAITE. Une seule chose est nécessaire : Marie a choisi la meilleure part et elle ne lui sera point ôtée.

Il descendit avec eux, et Il vint à Nazareth.

Il fut poussé par l'Esprit au désert.

Venez à l'écart dans un lieu solitaire, et reposez-vous un peu.

S'étant levé dès l'aurore, Il sortit; Il alla dans un lieu solitaire, où Il priait.

Il monta seul sur une montagne pour prier, et le soir venu, il se trouva seul en ce lieu.

Il alla sur une montagne pour prier, et y passa la nuit en prière.

Il ne se montrait plus en public, et Il se retira en une ville nommée Ephrem [1] près du désert.

S'étant éloigné d'eux à la distance d'un jet de pierre, Il priait.

18. TRAVAIL MANUEL, OU DÉSERT OU APOSTOLAT. N'est-ce pas l'ouvrier, fils de Marie ?

N'est-ce pas le fils du charpentier ?

Il fut poussé par l'Esprit au désert... Il y resta quarante jours et quarante nuits... Il ne mangea rien pendant ce temps.

1. Auj. Taïbé (cf. ses *Huit jours à Ephrem*, publ. par Bazin, ap. ses *Écrits spirituels*, 1925, pp. 123-169).]

Il parcourait toute la Galilée, enseignant dans les synagogues, prêchant l'Évangile, et guérissant toutes les langueurs et les maladies.

SAINTE EUCHARISTIE. Si vous ne mangez ma chair et ne buvez mon Sang, vous n'aurez pas la vie en vous.

Celui qui mange ma Chair et boit mon Sang a la vie éternelle.

Celui qui mange ma Chair et boit mon Sang demeure en moi et moi en lui.

Comme je vis par mon Père, de même celui qui me mange vivra par moi.

Ceci est mon Corps, ceci est mon sang. Faites ceci en mémoire de moi.

SAINTE ÉGLISE. Tu es Pierre, et sur cette pierre je fonderai mon Église, et les portes de l'enfer ne prévaudront pas contre elle.

Je te donnerai les clefs du royaume des cieux. Tout ce que tu lieras sur la terre sera lié dans le ciel; ce que tu délieras sera délié.

Celui qui n'écoute pas l'Église, traitez-le comme un païen.

Qui vous écoute m'écoute. Qui vous reçoit me reçoit. Qui vous méprise me méprise.

Je vous enverrai le Paraclet, l'Esprit de vérité, qui vous enseignera toute vérité.

Pierre, j'ai prié pour que ta foi ne défaille pas. A ton tour, confirme tes frères.

Pais mes brebis.

PASSION. Père, pardonnez-leur, car ils ne savent ce qu'ils font.

Vous serez ce soir avec moi en paradis.

Voilà votre fils. Voici ta mère.

Mon Dieu, m'avez-vous abandonné ?

J'ai soif.

Tout est consommé.

Père, je remets mon âme entre vos mains.

SACRÉ-CŒUR. Un des soldats lui ouvrit le côté d'un coup de lance.

PRÉSENCE PERPÉTUELLE. Je ne vous laisserai pas orphelins.

Voici que je suis avec vous jusqu'à la consommation des siècles.

Ce que vous faites à un de ces petits, vous me le faites.

Si quelqu'un m'aime, il m'obéira, et mon Père l'aimera, et nous viendrons à lui, et nous ferons en lui notre demeure.

Qui vous écoute, m'écoute. Qui vous reçoit, me reçoit.

Ceci est mon corps. Faites ceci en mémoire de moi.

RÈGLEMENT (OU CONSEILS) : COMMENTAIRE DES STATUTS

ARTICLE PRÉLIMINAIRE. Au nom du Père, du Fils et du Saint-Esprit.

Les Frères et Sœurs du Sacré-Cœur de Jésus consacrent leur vie à l'extension du règne de Jésus. Ils se proposent trois buts[1] : 1° Imiter Notre-Seigneur Jésus; 2° Rendre un culte très dévot à la sainte Eucharistie; 3° Travailler à la conversion des âmes et spécialement à celle des infidèles appartenant aux colonies de la mère-patrie. — Ils veulent avoir pour caractères distinctifs : 1° Le dévouement au Souverain Pontife; 2° La docilité à leur directeur spirituel; 3° La fidélité à être les zélés et disciplinés auxiliaires des prêtres, religieux et religieuses qui travaillent au salut des âmes et surtout de ceux qui travaillent à la conversion des infidèles des colonies de la mère-patrie.

ARTICLE PREMIER. IMITATION DE NOTRE BIEN-AIMÉ SEIGNEUR JÉSUS. Les Frères et Sœurs du Sacré-Cœur de Jésus prendront pour règle de se demander en toute chose ce que penserait, dirait, ferait Jésus à leur place, et de le faire. Ils

1. [Cf. *Texte 1901*, à l'Annexe III.]

feront des efforts continuels pour se rendre de plus en plus semblables à Notre-Seigneur Jésus, prenant pour modèle sa vie de Nazareth, qui fournit les exemples à tous les états. La mesure de l'imitation est celle de l'amour. « Si quelqu'un veut me servir, qu'il me suive. » « Je vous ai donné l'exemple, afin que comme j'ai fait vous fassiez aussi vous-mêmes. » « Le disciple n'est pas au-dessus du Maître, mais il est parfait s'il est semblable à son Maître. »

« Je suis la lumière du monde. Celui qui me suit ne marche pas dans les ténèbres mais il aura la lumière de la vie. » Pour la gloire de Dieu et le bien des âmes, les frères et sœurs travailleront à développer chez les autres l'imitation de Notre-Seigneur Jésus-Christ.

ARTICLE II. ADORATION DU TRÈS SAINT-SACREMENT. Les frères et sœurs s'efforceront de passer chaque jour au moins un quart d'heure en adoration devant le Très Saint-Sacrement renfermé dans le Tabernacle ou exposé. Ils auront soif des expositions et bénédictions du Très Saint-Sacrement et en profiteront dévotement. Pour la gloire de Dieu et le bien des âmes, les frères et sœurs travailleront à développer chez les autres l'adoration du Très Saint-Sacrement.

ARTICLE III. CONVERSION DES AMES ÉLOIGNÉES DE NOTRE-SEIGNEUR JÉSUS ET SPÉCIALEMENT DES INFIDÈLES APPARTENANT AUX COLONIES DE LA MÈRE-PATRIE. Considérant que Notre-Seigneur Jésus nous a dit qu'après le premier devoir « d'aimer Dieu de tout notre cœur, de tout notre esprit, de toute notre âme et de toutes nos forces », le second est « d'aimer notre prochain comme nous-mêmes », nous ferons du salut des âmes l'œuvre de notre vie, nous efforçant d'amener à Jésus celles qui sont éloignées de Lui. Nous souvenant que Notre-Seigneur Jésus a dit : « Quand vous donnerez à dîner ou à souper, n'invitez pas vos amis, ni vos frères, ni vos parents, ni vos voisins riches, mais appelez les pauvres, les estropiés, les boiteux, les aveugles », nous dirigerons surtout nos efforts vers la conversion de ceux qui spirituellement sont les plus pauvres, les plus estropiés, les plus aveugles, les peuples infidèles des pays de missions, qui n'ont pas connaissance de la bonne Nouvelle, qui sont sans tabernacles, sans saints Sacrifices, sans prêtres, âmes les plus délaissées, les plus malades, brebis les plus perdues. Parmi eux, nous nous occuperons d'abord et principalement des infidèles des colonies de notre patrie, parce que nous avons envers eux des devoirs spéciaux par le fait qu'ils dépendent de notre nation. Nous prierons et réfléchirons pour connaître si Dieu veut que nous allions résider dans l'un des pays de missions des colonies de notre patrie, pour y travailler au salut des infidèles, faisant connaître nos réflexions à notre directeur spirituel, et nous soumettant à lui pour la décision à prendre. Si la volonté de Dieu est notre établissement en pays infidèles, pour le choix du pays et la manière d'y organiser notre vie, nous suivrons l'avis de notre directeur spirituel. Si la volonté de Dieu est que nous restions en pays chrétien, nous y travaillerons efficacement à la conversion des infidèles, prenant sur les moyens à employer les conseils du directeur local de l'Union des Frères et Sœurs du Sacré-Cœur de Jésus, mais ne faisant rien qu'avec l'approbation de notre directeur spirituel, qui garde seul le gouvernement de nos actes. Nos efforts pour la conversion des infidèles ne seront pas un obstacle, au contraire, à ceux que nous ferons pour amener à Jésus les âmes éloignées de Lui qui sont plus près de nous. Notre cœur se dévouera d'autant plus aux âmes de ceux qu'il voit, qu'il se dévoue chaque jour aux âmes de ceux qu'il ne voit pas, et il le fera avec la triple force de la bénédiction de Jésus, prix du dévouement à ses enfants les plus délaissés, des bénédictions de l'Église accordées aux

Frères et Sœurs du Sacré-Cœur de Jésus, et du concours des autres frères et sœurs, tous ne faisant « qu'un cœur et qu'une âme » et se devant mutuellement le secours de leurs prières, de leurs pénitences et de leurs œuvres. Pour la gloire de Dieu et le bien des âmes, les frères et sœurs s'efforceront de porter les autres à travailler à la conversion des âmes éloignées de Jésus, et surtout à celle des infidèles des colonies de la mère-patrie.

Article iv. Dévouement filial a Notre Saint-Père le Pape. Plus on est uni à l'Église, plus on est uni à l'Esprit-Saint qui l'anime. Plus on aime l'Église, plus on aime Celui dont elle est le corps, Notre-Seigneur Jésus. Les Frères et Sœurs du Sacré-Cœur de Jésus auront le plus filial, le plus ardent dévouement à Notre Saint-Père le Pape, Vicaire de Notre-Seigneur Jésus-Christ sur la terre. Ils lui doivent amour, obéissance, prière, secours en tout ce qu'ils peuvent, zèle à se conformer à ses prescriptions de direction, zèle à suivre strictement les lois de l'Église, à s'animer de son esprit, à rendre aux autorités ecclésiastiques l'obéissance, le respect, le dévouement qui leur sont dus. Toutes les prières prescrites aux Frères et Sœurs par leurs statuts sont appliquées pour notre Saint-Père le Pape et ses intentions [1]. Chaque frère ou sœur fera, selon ses moyens, une aumône annuelle au denier de Saint-Pierre. Les frères et sœurs prêteront au Souverain Pontife toute l'aide en leur pouvoir, par leurs prières, leurs dons, leur attitude, leur exemple et leurs efforts pour développer autour d'eux les sentiments d'amour, d'obéissance, de dévouement envers le Vicaire de Jésus-Christ. Le filial et ardent dévouement à Notre Saint-Père le Pape doit être un des caractères distinctifs des Frères et Sœurs du Sacré-Cœur de Jésus.

1. [*Id., Texte 1901.*]

ARTICLE V. DOCILITÉ AU DIRECTEUR SPIRITUEL. Tout Frère ou Sœur du Sacré-Cœur de Jésus doit avoir un directeur spirituel, prêtre ayant le pouvoir de confesser, pieux, sage, instruit, expérimenté. Le choix du directeur est de la plus grande importance, car tel maître, tel disciple. Avant de choisir leur directeur, les frères et sœurs prieront ardemment Dieu de guider leur choix, puis ils choisiront avec maturité, réflexion et grande attention. Le choix fait, ils ouvriront leur âme au directeur de la façon la plus complète, dans la confession et hors de la confession, lui faisant connaître tout ce qui s'y passe, le consultant pour tout ce qui a quelque importance pour leur âme ou les âmes du prochain; ils recevront ses avis avec le respect, la gratitude, l'obéissance dus à la parole non d'un homme, mais de Dieu, car le prêtre, en communion avec la sainte Église et muni de ses pouvoirs est, lorsqu'il confesse et dirige les âmes, un de ceux à qui Jésus a dit : « Qui vous écoute, m'écoute. » *Prière et soin extrême* pour le choix du directeur; une fois qu'il est choisi, *foi* en la parole « qui vous écoute m'écoute », et *zèle de l'amour* à obéir à la volonté de Dieu exprimée par son représentant. Que les frères et sœurs lisent et relisent les œuvres de sainte Thérèse, se pénètrent de sa doctrine et de ses exemples touchant la direction spirituelle et la conduite à tenir avec le directeur, et qu'ils s'y conforment. Comprenons le bienfait infini que nous a fait Dieu, en nous donnant, dans la direction spirituelle, un moyen *infaillible, garanti par sa parole divine*[1], de connaître toujours ce qui lui plaît le plus que nous fassions. Le zèle à s'ouvrir et demander avis, et être docile au directeur doit être un des caractères distinctifs des Frères et Sœurs du Sacré-Cœur de Jésus.

1. [*Texte 1901*, chap. XI.] — Cf. le XXe entretien de son *Évangile expliqué aux pauvres du Sahara.*

Article vi. Fidélité a être les auxiliaires des prêtres, religieux et religieuses travaillant au salut des ames et spécialement de ceux travaillant a la conversion des infidèles des colonies de la mère-patrie. L'un des premiers devoirs des Frères et Sœurs du Sacré-Cœur est d'être les auxiliaires des prêtres, religieux et religieuses qui travaillent au salut des âmes; ils n'ont pas de meilleur moyen de faire du bien aux âmes que de se joindre à ceux à qui la sainte Église a donné mission de travailler à leur salut. Les frères et sœurs seront unis de cœur, d'âme et d'efforts avec les prêtres, religieux et religieuses qui travaillent au salut des âmes dans le lieu où ils sont : ils s'uniront à eux de cœur et d'âme comme les premiers chrétiens qui ne faisaient entre eux « qu'un cœur et qu'une âme », ils s'uniront à eux d'efforts en leur prêtant aide selon leur pouvoir, leur demandant en quoi ils peuvent leur être utiles, le demandant au directeur local de l'Union, priant, réfléchissant, et enfin consultant leur directeur spirituel et suivant ses avis. Les prêtres, religieux et religieuses de leur localité ne sont pas les seuls desquels ils doivent être les auxiliaires; ils doivent être aussi les auxiliaires de ceux des pays lointains qui ont besoin de secours, et surtout de ceux qui travaillent à la conversion des infidèles des colonies de leur patrie. Ces derniers ont droit, à un triple titre, au secours zélé et dévoué des frères et sœurs : d'abord, parce que les infidèles sont les brebis les plus perdues du troupeau du Christ, les malades les plus dénués de soins, les âmes les plus en danger de se perdre; ensuite parce qu'en pays infidèle nul bien ne se fait que par les nations chrétiennes, l'Évangile et le salut n'entrent que dans la mesure des efforts faits par celles-ci, dans la mesure en laquelle elles envoient des missionnaires, des religieuses, de pieux colons, les soutiennent, leur donnent les moyens de se développer et de faire des œuvres utiles; enfin, nous avons envers les infidèles des colonies de notre patrie des devoirs spéciaux, analogues à ceux qu'ont les parents envers leurs enfants. Pour connaître par quels moyens ils doivent aider les missionnaires lointains, les frères et sœurs consulteront le directeur local de l'Union, prieront, réfléchiront, puis ils demanderont conseil à leur directeur spirituel et feront ce que celui-ci dira. La fidélité à être les auxiliaires zélés et disciplinés des prêtres, religieux et religieuses qui travaillent au salut des âmes, et surtout ceux qui travaillent à la conversion des infidèles des colonies de la mère-patrie doit être un des caractères distinctifs des Frères et Sœurs du Sacré-Cœur de Jésus.

ARTICLE VII. ENTRÉE DANS L'UNION DES FRÈRES ET SŒURS DU SACRÉ-CŒUR DE JÉSUS. Tout fidèle peut être reçu dans l'Union des Frères et Sœurs du Sacré-Cœur de Jésus, sans dinctinction de sexe, qu'il soit célibataire ou marié, ecclésiastique ou laïc, qu'il appartienne ou non à un institut religieux. Celui qui désire être reçu dans l'Union doit en faire la demande au directeur local de l'Union de sa résidence, à son défaut au directeur général. Ceux-ci accordent ou refusent la demande et en avisent par lettre. Lorsque la demande est accordée, l'entrée s'effectue par la prononciation devant le Très Saint Sacrement de la formule suivante[1] : « Au nom du Père, du Fils et du Saint-Esprit. En ce... jour du mois de... de l'an de grâce..., en la fête de...; moi, N. (noms et prénoms, et, si l'on est ecclésiastique ou religieux, mention de l'Ordre reçu ou de l'Institut auquel on appartient), je m'engage à observer les statuts de l'Union des Frères et Sœurs du Sacré-Cœur de Jésus et à consacrer ma vie à l'imitation de Notre-Seigneur Jésus au culte du

1. [Cf. cédule de profession du *Texte 1901*, chap. IV.]

Très Saint Sacrement et à la conversion des infidèles. Jésus, je vous aime[1] de tout mon cœur, de toute mon âme, de tout mon esprit et de toutes mes forces. Cœur Sacré de Jésus, que votre règne arrive. Marie, Joseph, soyez mon aide. *Amen.* » Il est bon de choisir un jour de fête pour cette prononciation. On signe cette formule, ou on la fait signer par son directeur spirituel, et on l'envoie au directeur local de l'Union et à son défaut au directeur général. Ces formules sont conservées à perpétuité dans les archives des directeurs qui les ont reçues. L'entrée dans l'Union est gratuite. Le directeur qui envoie à une personne l'avis de sa réception dans l'Union lui adresse en même temps gratuitement un exemplaire des statuts et du directoire. Les entrées ne sont accordées par le directeur général qu'à des personnes résidant en des lieux ne dépendant d'aucune Union locale. Si un directeur majeur reçoit une demande d'entrée d'une personne résidant dans un lieu dépendant d'une Union mineure, il envoie cette demande au directeur de l'Union mineure, qui y répond. Pour la gloire de Dieu et le bien du prochain, les frères et sœurs s'efforceront de porter les âmes ferventes à demander à être admises parmi les Frères et Sœurs du Sacré-Cœur de Jésus.

ARTICLE VIII. NATURE DES OBLIGATIONS CONTRACTÉES EN ENTRANT DANS L'UNION DES FRÈRES ET SŒURS DU SACRÉ-CŒUR DE JÉSUS. Aucune des prescriptions contenues dans les statuts et le directoire n'oblige sous peine de péché. Pour la déférence due aux directeurs des Unions, il y a une distinction à établir. Envers les sœurs et les frères qui ne sont directeurs à aucun degré, les directeurs ne peuvent pas procéder par commandements, mais seulement par recom-

1. [Dans un manuscrit autographe de 1909, la phrase commence ainsi : « A vos pieds, et pour votre gloire, ô bien-aimé Jésus, que j'aime... »]

mandations et conseils; on doit à ces recommandations et conseils une respectueuse déférence, mais non l'obéissance; la conduite à tenir par ceux qui reçoivent ces recommandations et conseils est de les exposer à leur directeur spirituel et de faire à leur sujet ce que celui-ci leur dit. Envers les frères qui sont directeurs ou assistants de l'Union, leurs directeurs majeurs procèdent par commandements en ce qui concerne les devoirs de leurs fonctions dans l'Union; en ce qui concerne ces devoirs, les directeurs mineurs doivent obéissance aux directeurs majeurs. Les statuts, tout en n'obligeant pas sous peine de péché, obligent en vertu de l'amour, car ils nous appellent à imiter Jésus, à l'honorer dans le Très Saint Sacrement, à faire du bien aux âmes de ces petits desquels il a dit : « Ce que vous leur faites, vous me le faites », et en cela ils sont l'écho de sa propre voix.

ARTICLE IX. SAINTE PAUVRETÉ. Les Frères et Sœurs du Sacré-Cœur se souviendront que, pour être uni au Sacré-Cœur de Jésus, il faut avoir les mêmes goûts que Lui. Jésus n'a pas maudit les riches et Il a eu des amis riches; mais Il n'a pas loué la richesse : Il a loué la pauvreté. Ses amis riches se sont la plupart faits pauvres à son exemple. Pour lui-même, qu'a-t-il choisi ? Quels ont été les goûts de son cœur ? Qu'a-t-il choisi pour Marie et Joseph, ses bien-aimés ? Quel exemple a-t-Il tenu à nous donner, à nous donner à tous, même aux fils de roi puisqu'Il l'était, à nous donner à tous, non aux seuls célibataires, mais aussi aux personnes mariées, puisqu'à Nazareth Il vivait en famille entre Marie et Joseph, non aux religieux seuls, mais aussi aux personnes vivant dans le monde, puisqu'à Nazareth Il vivait au milieu du monde. Ce qu'Il a voulu, ce qu'Il a choisi pour Lui, c'est d'être appelé « le fils du charpentier, le charpentier fils de Marie ». C'est là son lot, le lot de ses bien-aimés Marie et Joseph, le lot qu'ont choisi après son Ascension ceux qui ont le mieux compris son Cœur, ses apôtres, ses saints amis de Béthanie, ses premiers disciples. Que de fois Il a répété : « Le serviteur n'est pas plus grand que le maître... que celui qui veut être le premier se fasse le dernier », le disant de l'humilité d'abord, et de la pauvreté ensuite, si intimement liée à l'humilité et dont Il a, de la crèche à la croix, donné le si continuel exemple! Être aussi pauvre que le divin « charpentier fils de Marie » n'est pas un commandement, mais c'est un conseil pressant. Les Frères et Sœurs du Sacré-Cœur pèseront ce que vaut le conseil d'un Dieu; ils pèseront ce que vaut son exemple; ils prieront et réfléchiront pour connaître la volonté spéciale de Dieu pour eux en ce qui concerne la pauvreté, faisant connaître leurs pensées à leur directeur spirituel, et se soumettant à lui pour les décisions à prendre et les réformes à faire dans leur vie immédiatement ou progressivement. Ils auront toujours devant les yeux le Modèle Unique, « le charpentier fils de Marie », se souvenant qu'en fait de biens matériels tout ce que nous avons de plus que Lui ne fait que *montrer combien nous sommes différents de Lui,* combien notre cœur a des goûts autres que les siens, combien nous sommes bas et attachés à la terre, combien nous sommes loin de la perfection à laquelle Jésus nous a appelés, comme Il y a appelé tous les humains en disant : « Si vous voulez être parfaits, renoncez-vous vous-mêmes, vendez ce que vous avez et donnez-le aux pauvres et suivez-moi. » Se conformant aux conseils de leur directeur spirituel en toutes les résolutions à prendre au sujet de la pauvreté les Frères et Sœurs du Sacré-Cœur auxquels leur directeur dira de conserver des biens matériels conserveront ces biens par obéissance à Jésus, comme ne leur appartenant pas mais appartenant à Jésus, pour en faire non l'usage qu'ils voudraient, mais l'usage voulu par Jésus. Pour leur usage comme pour leur conservation, ils devront prier, réfléchir à ce que Jésus veut d'eux, soumettre leurs pensées à leur directeur, et lui obéir comme obéissant à Jésus — « qui vous écoute m'écoute », — ils ne se considéreront pas comme ayant la propriété ni l'usage de leurs biens matériels, *mais comme des serviteurs chargés* de conserver pour leur maître un dépôt qu'Il leur a confié, et de faire de sommes qu'Il leur remet l'usage qu'Il leur commande. Pour la gloire de Dieu et le bien des âmes, les frères et sœurs s'efforceront de développer chez les autres l'estime, l'amour et l'imitation de la pauvreté de Jésus.

ARTICLE X. RECUEILLEMENT. A l'exemple de Jésus, que notre vie soit une vie de recueillement, vie simple de serviteur de Jésus remplissant tous les devoirs d'un bon serviteur, faisant tous ce qui est volonté, souhait de Jésus, puis entrant dans la sainte Maison de Nazareth et s'y reposant aux pieds de Jésus. Y a-t-il un lieu meilleur ? un ami meilleur ? Jésus s'offre à être le compagnon de toutes heures, et cela ne nous suffirait pas ? Nous laisserions le Créateur pour aller aux créatures ? Tenons-nous recueillis en nos actions, paroles et pensées, en ne nous occupant d'aucune affaire extérieure dont Dieu ne nous fait pas un devoir, en ne disant d'autres paroles que celles que Dieu veut que nous disions, en n'employant notre esprit qu'à faire la volonté de Dieu et notre cœur qu'à l'aimer et à aimer les âmes en vue de Lui. Pour la gloire de Dieu et le bien des âmes, les frères et sœurs s'efforceront de porter les autres à une vie saintement recueillie, à l'exemple de celle de Jésus.

ARTICLE XI. PRIÈRE. Les prières spéciales par lesquelles les Frères et Sœurs du Sacré-Cœur s'unissent chaque jour pour adresser, d'un cœur et d'une âme, une supplication commune à l'Époux divin, sont les suivantes[1] : 1° Le

1. [Le *texte de 1909* prescrivait en plus : « 2° le matin, la

matin, à midi, et le soir, l'*Angelus* tel que le récite l'Église, suivi du *Veni Creator* avec verset et oraison, et de *Cor Jesu Sacratissimum, adveniat regnum Tuum,* répété *trois fois.* 2° Le soir, la consécration du genre humain au Sacré-Cœur, selon la formule donnée par Léon XIII le 25 mai 1899. 3° Cinq dizaines de chapelet, en méditant les mystères du Rosaire, lesquelles peuvent se réciter en tout ou en partie pendant l'assistance à la sainte Messe ou le quart d'heure d'adoration du Très Saint-Sacrement. 4° L'examen particulier à midi et l'examen général le soir, suivis de l'acte de contrition et de l'acte de charité. Ces diverses prières seront toutes appliquées pour Notre Saint-Père le Pape et ses intentions. En ces prières, comme dans l'assistance à la Messe, dans l'adoration du Très Saint-Sacrement, dans les communions sacramentelles et spirituelles, et dans les élévations de toute heure de l'âme vers Dieu, les frères et sœurs auront un souvenir pour la conversion des peuples infidèles et surtout pour ceux des colonies de leur patrie. Le *Veni Creator,* aux trois heures principales du jour, est le cri des frères et sœurs exilés vers le Père céleste, pour le supplier de répandre, sur cette humanité qu'il a créée, en toutes les heures qu'il leur donne dans cette vallée de larmes, son Esprit-Saint, « pain quotidien » et « seul nécessaire »; les frères et sœurs mettent tout leur cœur dans cette prière, priant pour tous les hommes sans exception[1].

prière à la Sainte Famille, dotée par Léon XIII de 300 jours d'indulgence et commençant par ces mots : « O Jésus très aimant, qui avez sanctifié par Vos ineffables vertus et les exemples, etc... », suivie de l'invocation : « Jésus, Marie, Joseph, éclairez-nous, secourez-nous, sauvez-nous. Ainsi soit-il », doté par Léon XIII de 200 jours d'indulgence; 3° le soir, les litanies du Sacré-Cœur de Jésus, approuvées par la Sacrée Congrégation des Rites, suivie de [la consécration du genre humain au Sacré-Cœur, selon la formule donnée par Léon XIII le 25 mai 1899] et des deux strophes *Tantum ergo* et *Genitori Genitoque,* avec verset et oraison... »]

1. [Cette longue phrase est la reproduction littérale du *Texte*

Les prières indiquées ici sont un minimum. L'âme qui aime se perd dans la contemplation de l'être aimé et voudrait s'y abîmer à jamais. L'âme qui aime Jésus doit, en se conformant aux avis de son directeur spirituel regardés comme « des ordres » (qui vous écoute m'écoute), entrer de plus en plus dans une vie de prière, de méditation et d'oraison. Pour la gloire de Dieu et le bien des âmes, les frères et sœurs s'efforceront de développer l'esprit de prière chez les autres, et particulièrement[1] dans les pays infidèles.

ARTICLE XII. SAINT SACRIFICE DE LA MESSE. Les Frères et Sœurs du Sacré-Cœur s'efforceront d'assister chaque jour au saint sacrifice de la Messe. Ils réfléchiront à ce qu'est le divin Sacrifice, à la fois Noël et Calvaire, et, l'esprit rempli du prix infini d'une Messe, ils y assisteront avec une grande dévotion, priant le Cœur de Jésus, la sainte Vierge, saint Joseph et sainte Magdeleine de la leur inspirer et de l'augmenter sans cesse. Pour la gloire de Dieu et le bien des âmes, les frères et sœurs s'efforceront de multiplier le nombre des Messes et surtout de les multiplier dans les pays infidèles des colonies de leur patrie.

ARTICLE XIII. CONFESSION ET COMMUNION. Pour la confession et la communion, les frères et sœurs se conformeront aux avis de leur directeur spirituel. Ils doivent tendre à la confession hebdomadaire et la communion quotidienne recommandée par la sainte Église à tous les chrétiens fervents. Ils feront à toute heure, presque à tout instant, sans autre limite ni mesure que celles de leur amour, la communion spirituelle[2]. Ils appliqueront souvent leurs commu-

de 1901, chap. VIII (sauf « aux *quatre* heures principales du jour *terrestre* », car il le disait d'abord « au coup de minuit »).]

1. [Variante : « et surtout de la développer ».]
2. [Le *texte de 1901*, chap. X, en donne plusieurs formules, entre

nions sacramentelles pour Notre Saint-Père le Pape et ses intentions. Pour la gloire de Dieu et le bien des âmes, ils s'efforceront d'accroître chez les autres, et particulièrement dans les pays infidèles des colonies de leur patrie, le nombre et la ferveur des confessions[1] et des communions.

ARTICLE XIV. MÉDITATION DU SAINT ÉVANGILE, CATÉCHISME, RETRAITE ANNUELLE. Les Frères et Sœurs du Sacré-Cœur consacreront chaque jour un quart d'heure à la lecture et à la méditation du saint Évangile[2]. Dans les temps qui précèdent et suivent Noël et Pâques, ils liront et méditeront des passages du saint Évangile se rapportant à ces saints temps. Chaque dimanche et fête chômée, ils consacreront quelque temps à la lecture d'un traité sur le catéchisme[3] ou la doctrine chrétienne; ils consulteront leur directeur sur le traité à lire et le temps à employer à cette lecture. Soit dans leur maison et sans que ce soit remarqué extérieurement, soit dans un établissement religieux, en vaquant ou non à une partie de leurs occupations ordinaires, chacun suivant en cela l'avis de son directeur spirituel, les frères et sœurs feront chaque année une retraite de quatre jours, qui sera une revue de leurs devoirs, un examen sur la manière dont ils les ont remplis pendant l'année écoulée depuis la dernière retraite, et la prise des résolutions pour l'avenir. Chacun des quatre jours de la retraite, ils liront dix articles de ce directoire, examinant s'ils y ont été fidèles,

autres une invoquant la « Mère du Perpétuel Secours » : le Père avait pour elle, sous ce vocable, une particulière dévotion, et il a peint trois fois des copies stylisées de la célèbre icône de Rome (tableaux conservés chez les Clarisses, à Nazareth et à Jérusalem).]

1. [*Texte 1901* : faire « mention », au *Confiteor*, de « saint Joseph, sainte Magdeleine et saint Augustin ».]

2. [Voir les méthodes du Père, analysées à l'Annexe IV.]

3. [Cf. son *Évangile expliqué aux pauvres du Sahara*, écrit en 1903, en XXIV entretiens, et publié par le R. P. Ch. Joyeux, dans le *Bulletin de l'Association Foucauld*, 1927-1928.]

prenant les résolutions nécessaires et priant Dieu de les rendre fidèles à l'avenir. Pour la gloire de Dieu et le bien des âmes, ils s'efforceront de répandre chez les autres la lecture et la méditation du saint Évangile, la connaissance solide de la doctrine chrétienne, et l'habitude de la retraite annuelle.

ARTICLE XV. DÉVOTIONS ET PÉNITENCES. La dévotion, c'est le dévouement religieux et profond à un être sacré; par pénitence, nous entendons toute souffrance volontaire embrassée pour s'unir à Jésus. Combien nous devons être dévots, religieusement dévoués à la divine Trinité, à Jésus, à sa sainte Mère, à ses Saints, à ses Anges, à l'Église son épouse, au Souverain Pontife, son représentant ici-bas, combien cette dévotion doit être le fond de notre vie, tout catholique le sent. Combien nous devons embrasser la souffrance, la croix, si nous voulons être unis à Jésus, si pauvre, si persécuté, si méprisé, si souffrant, tellement le dernier de tous de la crèche à la croix, c'est ce qu'enseigne la doctrine de tous les saints, c'est ce que comprend quiconque réfléchit à ce que c'est qu'aimer : ceux qui réfléchissent à ce que c'est qu'aimer sentent « qu'il n'est pas une honnête femme qui consente à vivre dans les délices quand son époux est dans les douleurs »; quand, au pied de leur crucifix, ils voient leur Époux divin nu sur la croix, ils Le supplient de leur [1] donner part à sa Passion; devant le crucifix ils apprennent le prix des souffrances et des anéantissements, voyant que c'est à l'heure du plus grand anéantissement que Jésus a sauvé le monde [2]. Malgré l'ardent désir avec lequel les

1. [Ms. : Lui.]
2. [Cf. *Texte 1901*, chap. XXXII : « Pour glorifier Dieu, il faut souffrir dans la même mesure où nous voulons Le glorifier... Notre amour de Dieu doit être absolument sans mesure. Notre désir de Sa glorification extérieure..., notre volonté de souffrir ne doivent pas être sans mesure, mais bornés par Sa volonté... »]

frères et sœurs doivent souhaiter partager le calice, les épines, la croix de leur Époux divin, ils ne feront aucune pénitence volontaire sans la permission de leur directeur spirituel. Demandant à Jésus de leur faire connaître les pénitences qu'il veut d'eux, ils exposeront en cela leurs désirs à leur directeur spirituel et se conformeront à ses avis « qui vous écoute m'écoute... Celui qui m'aime, c'est celui qui m'obéit ». Si, par amour, ils doivent régler et limiter leurs pénitences volontaires, ils doivent, par amour, recevoir amoureusement, comme de la main de Jésus, toute souffrance involontaire, sans exception, de quelque nature qu'elle soit; si cette souffrance est causée par des péchés d'autrui, distinguant entre l'offense faite à Dieu et le malheur de l'âme pécheresse d'une part, et de l'autre le calice que Dieu leur présente, ils déploreront le péché et baiseront amoureusement le calice que leur offre la main du Bien-Aimé pour les unir davantage à Lui et les rendre plus capables de Le glorifier. Ils liront et reliront le petit livre du P. de Caussade (S. J.) ayant pour titre : l'*Abandon à la Providence divine*, dans l'édition abrégée donnée par le P. Ramière (S. J.), en lisant aussi l'avant-propos écrit par ce dernier[1]. Les frères et sœurs auront une dévotion extrême à la *sainte Eucharistie,* assistant à la sainte Messe, recevant la sainte Communion, se tenant en adoration devant le Saint-Sacrement, cherchant à développer son amour et son culte partout et en particulier parmi les peuples infidèles, se conformant en tout dans la pratique aux avis de leur directeur spirituel. Ils auront une dévotion extrême pour le *Sacré-Cœur* « qui a tant aimé les hommes ». Lui, si pur, nous si coupables; qui daigne, Lui si haut, nous si bas, non seulement nous permettre de L'aimer, avoir notre amour pour agréable, mais encore nous le demander, nous le commander, se dire

1. [*Texte de 1901*, chap. XVII.]

« notre ami, notre Frère », nous donner pour père, son Père, pour mère, sa Mère, se donner entièrement à nous comme l'époux à l'épouse, dans la sainte communion, être en nous et avec nous en tous les instants de cette vie, et avec nous éternellement dans la gloire du ciel.

L'amour consistant à « vouloir du bien », nous connaissons par le bien que nous veut Jésus combien nous aime son Cœur. Tâchons de Lui rendre amour pour amour, et tâchons que tous les hommes et spécialement les peuples infidèles des colonies de notre patrie rendent amour pour amour à ce Cœur qui les aime tant.

Nous aurons une grande dévotion à la Vierge Marie, que Jésus nous a donnée pour Mère du haut de la Croix, de toutes les créatures celle qui a le plus aimé Jésus, celle qui l'a le mieux imité, celle qui s'est le mieux unie à sa volonté et a été le plus aimée de Lui. Nous aurons une grande dévotion à saint Joseph, qui n'a fait qu'un par le cœur et par la vie, avec Jésus et Marie. Nous aurons une dévotion particulière pour sainte Marie-Magdeleine, à qui son grand amour a mérité une place spéciale dans l'Évangile et la grâce d'être la première après la sainte Vierge à voir Jésus ressuscité, et qui nous présente dans sa vie un si parfait modèle de ce que doit être la nôtre, amoureuse contemplation et apostolat fécond. Nous aurons une grande dévotion pour la Sainte Église, épouse de Notre-Seigneur, et pour Notre Saint-Père le Pape, représentant de Jésus ici-bas, appliquant pour Notre Saint-Père le Pape et ses intentions une partie de nos prières et communions, remplis de confiance, d'obéissance, d'amour filial envers la Sainte Église et son Chef, et cherchant à développer ces sentiments autour de nous et spécialement dans les pays infidèles des colonies de notre patrie. Nous aurons le souvenir toujours présent des âmes du Purgatoire, les priant et priant pour elles, cherchant à gagner des indulgences et les appliquant toutes pour elles. Nous aurons une grande dévotion pour la parole de Dieu contenue dans la sainte Écriture[1] et particulièrement pour la parole de Dieu renfermée dans les saints Évangiles. La lecture, et la méditation quotidienne de l'Évangile pendant un quart d'heure, fixée par les statuts, est un minimum; les frères et sœurs demanderont à leurs directeurs spirituels s'ils doivent y consacrer plus de temps ou lire et méditer d'autres parties des saints Livres. Ils s'efforceront de développer la connaissance des Livres Saints et surtout celle des Saints Évangiles chez les autres, et particulièrement dans les pays infidèles des colonies de leur patrie. Tout Frère ou Sœur du Sacré-Cœur portera les trois scapulaires du Sacré-Cœur de Jésus, de Notre-Dame du Mont-Carmel et de l'Immaculée Conception, et fera partie d'une confrérie du Saint-Rosaire[2]. L'Association des Frères et Sœurs du Sacré-Cœur est dédiée au Sacré-Cœur de Jésus et a pour patronne la très sainte Vierge Marie au mystère de la Visitation[3]; notre Mère céleste est dans ce mystère notre modèle; comme elle sanctifia la maison de Jean en y portant Jésus, ainsi nous devons porter Jésus autour de nous en développant Sa présence eucharistique et en le laissant vivre dans nos âmes. Nous devons surtout Le porter ainsi parmi les peuples infidèles des colonies de notre patrie; « quand on est plein de Jésus, on est plein de charité » : comme Marie, ayons « hâte » de partager notre trésor Jésus avec nos frères infidèles qui ne Le possèdent pas.

1. [Selon le *texte de 1901*, chaque frère devait avoir une bible (chap. IV); et de plus, il devait y avoir « toujours un exemplaire » (de la sainte Écriture) « dans le sanctuaire, à côté de l'autel où est le Saint Sacrement, à proximité de la lampe du Tabernacle... » (chap. XVII). « A gauche de l'autel, une crédence, au milieu de laquelle, sur un petit chevalet, couvert d'un voile de soie blanche, se trouve une bible latine (la Vulgate) pauvrement mais proprement reliée... » (chap. XXXVI).]
2. [*Id.*, ap. *texte 1901*, chap. IV.]
3. [*Id.*, ap. *texte 1901*, chap. XIII.]

ARTICLE XVI. FÊTES CHÔMÉES. Les frères et sœurs chômeront pieusement les dimanches et fêtes chômées dans leur diocèse, faisant d'eux des « jours du Seigneur », non des jours de distraction, mais des jours de pieux recueillement passés aux pieds de Jésus, entre Marie et Joseph. Combien misérable serait l'âme, qui, invitée à trouver sa joie dans le Créateur, irait la chercher dans la créature! Pour l'emploi de ces jours saints que sont les dimanches et fêtes, chacun consultera son directeur spirituel. Outre les fêtes principales de Noël, de Pâques, de l'Ascension, de la Pentecôte, du Très Saint-Sacrement et de son octave, de l'Assomption et de la Toussaint, qui sont célébrées solennellement en tout pays, les frères et sœurs célébreront avec une dévotion particulière les fêtes suivantes : Circoncision, Épiphanie, Saint Nom de Jésus, Fiançailles de la sainte Vierge et de saint Joseph, Purification, Saint Joseph, Annonciation, Jeudi Saint, Vendredi Saint, Samedi Saint, Lundi et Mardi de Pâques, Patronage de saint Joseph, Lundi et Mardi de la Pentecôte, Sainte Trinité, Sacré-Cœur de Jésus, Nativité de saint Jean-Baptiste, Saint Pierre et saint Paul, Visitation, Sainte Magdeleine, Sainte Anne, Saint Joachim, Très pur Cœur de Marie, Nativité de la Très Sainte Vierge, Saint Michel Archange, Saints Anges Gardiens, Notre-Dame du Saint-Rosaire, Très Saint Rédempteur, Bienheureuse Marguerite-Marie Alacoque, Présentation de la Sainte Vierge, Immaculée-Conception, Translation de la Sainte Maison de Lorette, Saint Étienne, Saint Jean, les Saints Innocents, et les jours de fêtes des Apôtres [1]. La fête particulièrement solennelle des frères et sœurs, leur fête de famille, est celle du Sacré-Cœur de Jésus. Leur fête patro-

1. [Le *texte de 1901* ajoutait : Sainte Famille, Invention de la Sainte-Croix, Saint Pascal Baylon, Transfiguration, Saint Laurent, Saint Sylvestre.]

nale est celle de la Visitation[1]. Les frères et sœurs s'efforceront de faire célébrer pieusement par les chrétiens au moins les dimanches et fêtes d'obligation, et les autres fêtes avec discrétion et distinction, en prenant l'avis de leur directeur spirituel. Ils travailleront à ce qu'elles soient enfin célébrées en ces infortunés pays infidèles des colonies de leur patrie où elles ne le sont pas, ou presque pas.

Article xvii. Saintes lectures. Outre la lecture quotidienne du saint Évangile, les frères et sœurs feront d'autres pieuses lectures, consultant à ce sujet leur directeur spirituel et se faisant indiquer par lui les livres qu'ils doivent lire et le temps à consacrer à ces lectures. Les œuvres de sainte Thérèse, les vies des saints pour chaque jour de l'année, une bonne histoire de l'Église sont des lectures recommandables entre toutes; mais même pour celles-là, il faut que le directeur indique les éditions à se procurer; faute de cette précaution, on pourrait avoir des textes faussés, des éditions inexactes, des ouvrages publiés dans un mauvais esprit qui feraient du mal et non du bien. Les livres sont des maîtres; l'âme se forme à leur école; si les livres sont bons, elle gagne beaucoup; s'ils sont mauvais, elle peut éprouver un grand détriment. Aussi est-il indispensable que le directeur spirituel dirige les lectures, non seulement dans l'ensemble, mais dans le détail. Les livres que le directeur spirituel fait lire à ses pénitents sont ses adjoints, ses auxiliaires, ils continuent à toute heure son œuvre auprès d'eux; il doit être apporté un grand soin à cette partie de la direction si efficace pour le bien et dont la négligence peut causer du mal. Se souvenant qu'ils doivent travailler à la conversion des infidèles des colonies de leur patrie, les frères et sœurs se feront indiquer par leur directeur spirituel des lectures pro-

1. [*Id., texte de 1901*, chap. xv.]

pres à les y aider, ouvrages faisant connaître ces infidèles, comptes rendus de missions, vies de saints missionnaires, etc. Les frères et sœurs prendront l'habitude de faire précéder toute lecture comme toute action de quelque importance de la prière *Veni Sancte Spiritus,* en latin ou en langue vulgaire. Une excellente pratique, dans toute lecture ou action un peu prolongée, est de se recueillir de temps en temps un instant et de faire une communion spirituelle. Les frères et sœurs doivent s'efforcer de développer les lectures propres à amener les âmes à Jésus ou à les confirmer dans son service, et particulièrement les lectures propres à porter les catholiques à travaillller à la conversion des infidèles, et celles qui sont utiles aux infidèles pour parvenir à la foi.

ARTICLE XVIII. SACERDOCE. Une seule messe glorifie plus Dieu que ne ferait le martyre de tous les hommes uni aux louanges de tous les anges et de tous les saints. Que les frères prêtres qui, comme Marie et Joseph, ont chaque jour Jésus entre leurs mains, qui, comme sainte Madeleine, ont la meilleur part et peuvent sans cesse se tenir aux pieds de Jésus, soient « le sel de la terre », qu'ils fassent luire leurs bonnes œuvres devant les hommes pour que ceux-ci glorifient Dieu; qu'ils meurent à tout ce qui n'est pas Jésus, puisque « le grain de froment qui ne meurt pas reste seul, celui qui meurt rapporte beaucoup de fruit »; qu'ils se souviennent qu'on fait du bien aux autres dans la mesure de celui qu'on a en soi, de l'esprit intérieur et de la vertu; l'eau s'écoule dans les canaux dans la mesure de son abondance dans le bassin. Que ceux qui se croient appelés au sacerdoce ou à la vie religieuse, ou qui ont près d'eux des âmes peut-être appelées au sacerdoce, ou à la vie religieuse, se souviennent du devoir en pareil cas. Les humains n'ont pas à « choisir » leur vocation; la vocation étant un « appel », les mots « choisir sa vocation » sont un non-sens[1]. On ne choisit pas sa vocation, on la reçoit, et on doit chercher à la connaître, prêter l'oreille à la voix de Dieu, guetter les signes de Sa volonté, employer les moyens connus du prêtre pour savoir ce qu'il veut de l'âme, et, une fois la volonté de Dieu connue, la faire, quelle qu'elle soit, coûte que coûte, voilà le devoir de l'âme. Pour connaître la volonté de Dieu soit sur nous-mêmes, soit sur ceux qui nous touchent et dont nous avons la charge, comme nos enfants, nos élèves, le moyen est unique : ni l'âme elle-même, ni les parents, ni les maîtres ou maîtresses ne peuvent connaître la volonté de Dieu sur elle, mais le seul directeur spirituel; c'est donc le devoir de quiconque atteint l'âge où il importe de connaître le genre de vie auquel Dieu l'appelle, de chercher avec grand soin un très bon directeur spirituel, de remettre entièrement son âme entre ses mains, s'ouvrant à lui de la manière la plus complète, et de lui être docile en tout; le devoir des parents, maîtres, ou autres ayant charge d'âmes, est d'aider les jeunes âmes qui leur sont confiées à trouver l'excellent directeur dont elles ont besoin, de leur recommander l'ouverture et la docilité à ce directeur, et de se soumettre eux aussi à sa décision, qu'elle qu'elle soit, et coûte que coûte. Le directeur spirituel seul a grâce et connaissance pour connaître la vocation de son pénitent; nul autre n'unit à la science spéciale du prêtre la connaissance du fond de l'âme du pénitent et les lumières particulières que Dieu donne à son ministre par fidélité à la parole « qui vous écoute m'écoute ». Tous les frères et sœurs doivent aider les âmes qui ont la vocation sacerdotale ou religieuse à obéir à l'appel divin; ils doivent les aider par la

1. [*Texte de 1901* : « Dans les « vocations », ainsi que le laisse entendre le sens même de ce mot, le rôle des hommes n'est que d'*écouter*, de *constater* et *d'obéir;* ils n'ont point à faire d'élection, à *choisir*, mais à *écouter*, à *constater* l'appel divin, et à *obéir* à l'appel... »]

prière, les encouragements et les secours matériels. Ils doivent particulièrement chercher à développer le nombre des prêtres, des religieux et des religieuses dans les pays [infidèles] des colonies de leur patrie, pami ces brebis les plus perdues qui en ont plus besoin que d'autres. Ceux qui sont parents, maîtres, ou chargés de l'éducation de la jeunesse, doivent désirer pour leurs enfants et élèves des vocations sacerdotales ou religieuses, les demander à Dieu, et élever ces jeunes âmes avec un soin d'autant plus grand qu'il y en aura peut-être parmi elles d'appelées par Dieu à l'état sacerdotal ou religieux, et que leur fidélité à cette vocation et leur sainteté future dépendront en partie de l'éducation reçue.

ARTICLE XIX. ÉTUDES SACRÉES. Les frères prêtres savent combien il leur est indispensable d'avoir une instruction solide pour pouvoir répondre sûrement, nettement, sur-le-champ, en peu de mots, d'une manière péremptoire, aux questions qui leur sont posées; ils savent combien il leur est nécessaire, pour faire du bien aux infidèles et aux chrétiens qui restent éloignés du confessionnal, d'avoir très présents à l'esprit, non seulement les enseignements de la théologie morale, mais ceux de la théologie dogmatique, de la philosophie morale, et parfois d'autres parties de la philosophie. Ils sont donc obligés, non seulement de nourrir leur piété et leur esprit par la lecture des Livres saints et des ouvrages ascétiques, mais aussi d'entretenir constamment leurs connaissances théologiques et philosophiques. Ils n'ont pas besoin de beaucoup de livres, mais, tant pour la théologie et la philosophie que pour la vie intérieure et la direction spirituelle, il est indispensable qu'ils aient les auteurs les *meilleurs*, les plus *saints*, les plus *autorisés*, les plus *romains*, et qu'ils n'en aient aucun mauvais ou médiocre. Filialement zélés à suivre toutes les directions du Saint-Siège, les frères prêtres auront tous un exemplaire de la Somme de saint Thomas et un exemplaire de la Somme contre les Gentils et s'en nourriront assidûment[1]. Parmi les livres que tous doivent posséder sont aussi les œuvres de sainte Thérèse, de saint Jean de la Croix et de saint Jean Chrysostome[2]. Les frères prêtres, par le fait qu'ils appartiennent à l'Union des Frères et Sœurs du Sacré-Cœur, ont le devoir de travailler avec ardeur à la conversion des infidèles des colonies de leur patrie, et en portant les chrétiens à y travailler, et en secourant dans la mesure de leurs forces ceux qui y travaillent directement, et peut-être en y travaillant directement eux-mêmes. Ces devoirs entraînent l'obligation d'acquérir les connaissances spéciales nécessaires pour les bien remplir, connaissances au sujet des peuples infidèles des colonies de la mère-patrie, au sujet des sociétés de missions, etc. Les frères et sœurs ont le devoir de venir en aide matériellement dans la mesure de leur pouvoir aux prêtres et à ceux qui travaillent à le devenir en fournissant des ressources aux diocèses, aux vicariats et préfectures apostoliques, aux séminaires, aux instituts religieux qui forment des prêtres et surtout à ceux qui forment des prêtres destinés aux missions chez les infidèles des colonies de leur patrie, afin qu'ils puissent donner aux futurs prêtres l'instruction nécessaire.

ARTICLE XX. DÉTACHEMENT DE TOUT CE QUI N'EST PAS DIEU. « Aime Dieu de tout ton cœur, de toute ton âme, de tout ton esprit et de toutes tes forces. Aime ton prochain comme toi-même. » *Comprenons la différence infinie qu'il y a entre le Créateur et la créature*[3]. Aimons tous les hom-

1. [C'est une addition au *texte 1901*.]
2. [Même liste ap. *texte 1901*.]
3. [Le *texte de 1901* renvoie cette phrase à la fin du chap. XXI.]

mes comme les a aimés Jésus, leur voulant autant de bien qu'Il leur en a voulu, leur faisant tout le bien en notre pouvoir, nous dévouant à leur salut, prêts à donner notre sang pour le salut de chacun d'eux; aimons-les en vue de Dieu, autant qu'Il le veut, comme Il le veut, non pour nous ni pour eux, mais pour Lui; notre amour pour eux n'en sera pas diminué mais incomparablement augmenté, puisant dans cette source de la volonté divine une force, une stabilité, un dévouement, une ardeur que n'a pas l'amour purement humain, et qui sont dans les seuls cœurs qui, laissant Jésus vivre en eux, aiment par Jésus et non par eux-mêmes. Faisons donc, dans nos sentiments pour le prochain et nos rapports avec lui, passer Dieu avant tout, n'ayant dans nos affections, nos pensées, nos paroles, nos actions, que Dieu en vue, cherchant en tout une *chose unique,* être et faire ce qui est le plus agréable à Dieu. Que Dieu soit vraiment le *seul maître* de nos cœurs, de nos pensées, de nos paroles, de nos actions, comme Il y a droit, Lui qui seul « est », Lui en comparaison de qui tout est comme un néant, car Il a tout tiré du néant et peut tout y faire rentrer. « Tout est néant devant Dieu », dit la Sainte Écriture. « Il sera toujours faible et courbé vers la terre celui qui estime quelque chose hors de l'unique, de l'immense, de l'éternel bien », dit l'Imitation de Jésus-Christ. « Que ceux qui ont des femmes, dit saint Paul, soient comme n'en ayant pas, ceux qui pleurent comme ne pleurant pas, ceux qui se réjouissent comme ne se réjouissant pas, ceux qui achètent comme ne possédant pas, et ceux qui usent du monde comme n'en usant pas, car la figure de ce monde passe. » Soyons détachés des choses matérielles, pauvres d'esprit, pauvres intérieurement, n'usant des choses matérielles que par amour pour Dieu nous manifestant sa volonté par notre directeur sprituel, et dans la mesure qu'Il nous le commande par sa bouche, préférant, toutes choses égales d'ailleurs, le dénûment à l'abondance, pour être plus semblables à Celui qui n'eut pas une pierre pour poser sa tête et dont on tira au sort les vêtements. N'ayons nul attachement pour la santé ni la vie, ne nous en souciant en rien, « pas plus que l'arbre d'une feuille qui tombe », prenant par amour pour Dieu et obéissance à Dieu les soins que notre directeur nous prescrit, sans autre désir que l'accomplissement de la volonté divine en nous, préférant, toutes choses égales d'ailleurs, la maladie à la santé et la mort à la vie, pour « souffrir avec le Christ » et « être avec le Christ ». Nous serons détachés de nos propres esprits en bannissant d'eux tout souvenir, toute connaissance, toute pensée dont Dieu ne nous fait pas un devoir, pour connaître le seul Jésus, nous souvenir du seul Jésus, penser au seul Jésus, regardant toute curiosité comme un vol fait à son amour [1], et estimant un gain toute perte au prix de laquelle nous faisons en nous la place plus grande à Jésus auprès de qui tout le reste est un néant. Nous serons détachés de nos propres cœurs en ne cherchant ni ne désirant les consolations intérieures ni extérieures, mais en désirant uniquement que la volonté de Dieu se fasse en nous, souhaitant, toutes choses égales d'ailleurs, plutôt la douleur que la joie, pour être plus capables de glorifier Dieu en payant un plus grand tribut de souffrances. Nous serons détachés de notre propre volonté en ne souffrant en nous aucun goût, volonté ni désir ayant un autre objet que Dieu ou ce que Dieu veut; et ne voulant, ne désirant rien d'une manière absolue sinon Dieu, son bien et l'accomplissement de sa volonté; ne formant nos désirs particuliers pour sa gloire qu'avec la réserve : « Toutefois, non ma volonté, mais la vôtre »; et en ne travaillant, soit par la prière, soit par les œuvres, à l'accomplissement de ces

1. [Le *texte de 1901* cite S. Jean de la Croix « un vol fait à Dieu ».]

désirs, si saints, si purement en vue de sa gloire qu'ils soient, qu'avec détachement, en ajoutant à nos prières : « Toutefois, non ma volonté, mais la vôtre. »

ARTICLE XXI. CHARITÉ, PAIX, HUMILITÉ, COURAGE. Imitateurs du Cœur de Jésus, les frères et sœurs seront charitables, paisibles, humbles, courageux. « Vous avez un seul Père qui est dans les cieux. » « Dieu créa l'homme à Son image. » « Tout ce que vous faites à un de ces petits, vous Me le faites. » Ces trois paroles suffisent à montrer aux frères et sœurs leur devoir d'immense et universelle charité envers les hommes, tous « enfants de Dieu », « images de Dieu », « membres de Jésus ». Ils porteront tous les hommes dans leurs cœurs, comme Jésus mort pour tous les hommes sans exception. En tout humain, ils verront Jésus. En présence de toute âme, ils auront sans cesse devant les yeux leur devoir envers elle : ce devoir, c'est de travailler à son salut : en tout homme, bon ou mauvais, ce qu'ils verront, c'est *une âme à sauver*. Ils se feront tout à tous, pour les sauver tous. Tout en haïssant le mal, ils aimeront les hommes[1]. Ils éviteront les procès, « ne débattront pas devant les tribunaux », céderont de leurs droits plutôt que de disputer, « accepteront l'injure », « supporteront la fraude », se souvenant des paroles de leur divin Maître : « Je vous envoie comme des brebis au milieu des loups », et de ses exemples, Lui qui se laissa « comme une brebis conduire à la mort » et qui fut « comme un agneau se taisant devant celui qui le tond ». Ils auront sans cesse devant les yeux que tous les hommes sont les enfants du Père céleste, qui veut voir dans sa grande famille humaine l'union qu'un bon père veut voir entre ses fils : « Vous êtes tous

1. [*Id.*, ap. *texte 1901*, chap. XXVIII, qui ajoute : « Ils seront les amis universels, pour être les *sauveurs universels*. »]

frères, vous avez un seul Père qui est dans les cieux. » Si des hommes sont agressifs, injustes, cédons-leur lorsqu'il ne s'agit que de biens matériels et lorsque cela peut se faire sans léser la justice et sans détriment pour les âmes, comme des frères pieux et sages cèdent en des questions de biens matériels à des frères pervers, pour ne pas porter atteinte à la paix et à la charité. Dans le même esprit de paix et de charité, ils ne refuseront jamais un impôt, si abusif soit-il. Ils seront doux avec tous les hommes, « ne résisteront pas au mal », mais chercheront à « vaincre le mal par le bien », réservant la résistance, résistance invincible et allant jusqu'à la mort, comme celle des martyrs, pour qui voudrait les empêcher de remplir leurs devoirs envers Dieu. Dans les rapports avec le prochain, et surtout quand ils croient devoir agir contre lui, qu'ils consultent leur directeur spirituel et suivent son conseil. « Ils donneront à qui demande, ils prêteront à qui désire emprunter », dans la mesure de leurs ressources et dans la mesure où c'est bon pour les âmes; ce n'est pas à un homme qu'ils donnent, c'est à Jésus. « Tout ce que vous leur faites, c'est à moi que vous le faites. » Et Jésus ajouta : « Tout bien que vous ne leur faites pas, c'est à moi que vous ne le faites pas. » Ne laissons pas Jésus passer à côté de nous, sans lui faire le bien dont Il a besoin et que nous pouvons lui faire. Dans nos ressources, si petites soient-elles, faisons la part de Jésus pauvre, consultant notre directeur sur la mesure. Demandons au guide de notre âme la permission de faire cette mesure grande, puisque la seule partie de nos biens que nous trouverons dans l'autre vie est celle que nous aurons donnée à Jésus dans celle-ci, et puisque de tout les héritages à laisser à nos enfants le meilleur est de beaucoup l'exemple et l'habitude d'une vie de charité et de bienfaisance. Si nous sommes pauvres, ne cherchons pas à gagner beaucoup pour pouvoir faire de grandes aumônes; ce serait très contraire à l'exemple de

Jésus, prenons en cela, comme en tout, modèle sur Lui; Il était pauvre à Nazareth et ne pouvait faire que de très petites aumônes comme un pauvre; mais le peu qu'Il pouvait, Il le donnait avec une bonté, une charité infinies; Il donnait son cœur, sa tendresse, sa compassion, ses bonnes paroles, ses soins, ses services[1]. Les maisons des frères et sœurs doivent être connues des pauvres et des malheureux et on doit savoir dans le voisinage que ce sont des maisons de charité.

Les frères et sœurs s'efforceront, par leurs exemples, leurs paroles et leurs actes, de développer la charité autour d'eux, et dans leur famille et en ceux qui les approchent.

Leur propre charité et celle qu'ils s'efforcent de développer dans les autres ne doivent pas se borner à ce qui les avoisine, mais s'étendre à tous les humains comme celle du Cœur de Jésus, leur Époux et leur Modèle; elle embrassera particulièrement les peuples infidèles, puisque ce sont les âmes les plus délaissées, les plus pauvres des pauvres, les plus malades des malades, les misérables et les infortunés entre tous. Un des premiers devoirs des Frères et Sœurs du Sacré-Cœur est d'être humbles et de travailler sans relâche à le devenir davantage. L'humilité est un des caractères de Jésus : « Je suis doux et humble de cœur. » Elle est « la vérité », le « fondement de l'édifice spirituel », le fondement de la vie intérieure; sœur de la charité et de l'obéissance, elle est inséparable de l'une et de l'autre, et elle enfante la paix intérieure et extérieure. Qu'à l'exemple de Jésus, les frères et sœurs soient humbles intérieurement et extérieurement; qu'ils soient humbles dans les édifices, les meubles, les vêtements, la nourriture, les travaux, dans les paroles, les pensées et les actions, dans les relations et les habitudes de la vie; serviteurs de Jésus, qu'ils ne cherchent

1. [Cette longue phrase figure au *texte de 1901*, chap. XXVIII.]

pas à paraître plus grands que Lui, Lui « l'artisan fils de Marie »; que la folle pensée ne leur vienne jamais de s'enorgueillir de la naissance ou de la fortune, ni de leur accorder quelque estime, alors que Jésus, Marie et Joseph, tellement au-dessus d'eux, ont passé toute leur vie en humbles ouvriers. Ayons de bas sentiments de nous [1], souvenons-nous de nos péchés, repassons souvent en nous-mêmes la double histoire des grâces reçues de Dieu et de nos infidélités, de nos ingratitudes, de nos manques de correspondance et de nos péchés. Enfonçons-nous dans la connaissance de nous-mêmes; faisons avec soin nos examens de conscience [2] et demandons humblement pardon [3]. Que le souvenir de nos péchés nous rende doux, tolérants, indulgents pour les autres, pleins d'espoir dans la conversion et la sanctification de toute âme quelle qu'elle puisse être... Soyons vraiment frères et sœurs du Cœur de Jésus, en imitant son humilité. Les frères et sœurs doivent, non seulement être humbles, mais s'efforcer de développer l'humilité chez les autres, et dans leur famille et dans ce qui les approche; qu'ils la développent par leurs exemples, leurs paroles, leurs actes; qu'ils s'efforcent de la faire régner dans les âmes et dans la vie, car là où elle ne règne pas, Jésus ne règne pas. Qu'ils s'efforcent de la développer dans les pays infidèles où l'orgueil règne en maître : y détruire l'orgueil, c'est y ruiner le règne du démon et y ouvrir les âmes à Jésus. Les Frères et Sœurs du Sacré-Cœur ne connaîtront d'autre crainte que celle de ne pas assez aimer et glorifier Jésus. Unis au Cœur de Jésus et Le laissant vivre en eux, ils ne

1. [Cf. *texte de 1901*, chap. XXV.]
2. [*Texte de 1901*, chap. XXV, ajoute : « à midi [particulier], et le soir [général] ».]
3. [Le même texte ajoute : « Que la source de l'humilité qui doit parfumer toute notre petite maison, comme elle parfumait la sainte maison de Nazareth, soit tout intérieure. »]

sauront pas ce que c'est que craindre un homme ou une chose. Comment craindraient-ils les créatures, eux en qui vit le Créateur, corporellement quand ils reçoivent la sainte Eucharistie, et toujours spirituellement par la grâce ? Bien loin de craindre aucun être créé, se souvenant « qu'une seule chose est nécessaire », *aimer Jésus,* ils prendront pour règle de penser, dire, faire en tout ce qui plaît le plus à Dieu, sans se soucier en aucune mesure des pensées, des paroles, des actions des hommes contre eux, ni des choses, ni des événements, étant *simples,* ne désirant qu'une chose, ce qui plaît à leur Bien-aimé, et le faisant, ne craignant qu'une chose, ne pas assez l'aimer et le glorifier [1]. Les frères et sœurs doivent s'efforcer de développer, dans leur famille et dans ce qui les approche ou reçoit leur influence, ce courage chrétien qui ne connaît pas la crainte des créatures et fait simplement ce que Dieu veut, sans plus redouter les créatures que si elles n'existaient pas, voyant Dieu seul et ne faisant que sa volonté.

ARTICLE XXII. SAINT TRAVAIL DES MAINS. Considérant la vie de travail, d'humble travail manuel, qu'a été la vie de leur Bien-Aimé Maître et Modèle Jésus, les frères et sœurs, non seulement estimeront, honoreront, aimeront le travail, et particulièrement le travail manuel, mais auront tous une vie de travail, travail différent selon les aptitudes, chacun consultant son directeur spirituel sur le genre de travail et le temps à y consacrer. Non seulement tous devront travailler, avoir une vie laborieuse, mais ceux d'entre eux dont le travail est surtout intellectuel, devront y joindre, au moins pendant quelques instants par jour, un travail manuel bas et humble, pour se grandir par cette imitation de « l'artisan fils de Marie », pour vivre quelque chose du saint Évan-

1. [Cf. *texte de 1901*, chap. XXVII.]

gile, pour comprendre l'Évangile qu'on comprend, non en l'entendant, mais en le pratiquant, pour apprendre à ce qui les entoure la noblesse, la grandeur du travail manuel et leur en inspirer l'amour et le respect. Nombreux sont les travaux manuels qui ne demandent que quelques minutes et que tous peuvent faire, même les plus faibles, même les infirmes, raccommoder du linge, coudre, tricoter, laver de la vaisselle, porter du bois ou de l'eau, etc. Jésus, Marie, Joseph, qui sont nos bien-aimés et qui sont tellement au-dessus de nous, ont fait tout cela; nous les aimerons et nous nous grandirons en le faisant avec eux. Pour ces quelques instants à donner chaque jour au travail manuel, comme pour les autres travaux, on consultera le directeur spirituel. Les frères et sœurs s'efforceront de développer chez les autres, et dans leur famille et parmi ceux qui reçoivent leur influence, la doctrine évangélique du travail, devoir impérieux pour tous les hommes sans exception, et celle du travail manuel, si saint et si vénérable, que tous doivent non seulement estimer et honorer, mais pratiquer dans une certaine mesure. Ils s'efforceront de la développer chez les infidèles des colonies de leur patrie, parmi lesquels le démon fait régner si souvent l'oisiveté en même temps que l'orgueil.

ARTICLE XXIII. HUMILITÉ, PAUVRETÉ ET PÉNITENCE DANS LA NOURRITURE. Qu'a été la nourriture de Jésus à Nazareth ? Qui est le plus grand, Jésus ou nous ? Aimons-nous Jésus, voulons-nous lui ressembler, le suivre, partager sa vie, être de sa famille, entre Marie et Joseph ? La réponse à ces questions nous indique ce que doit être notre nourriture, ce que doit être celle de vrais chrétiens; elle nous indique combien elle doit être humble et pauvre, et cela toujours, soit en particulier, soit en famille, soit en société nombreuse, et combien elle doit être habituellement pénitente. Réglons-nous sur l'exemple de Celui qui doit être notre modèle unique et notre amour souverain. Pour le détail, prions, réfléchissons, suivons les conseils de notre directeur spirituel. Les Frères et Sœurs du Sacré-Cœur doivent s'efforcer de développer chez les autres cette humilité, cette pauvreté et cette pénitence dans la nourriture qui font partie d'une vie vraiment chrétienne. Qu'ils les développent dans tout ce qui reçoit leur influence. Qu'ils travaillent à les répandre chez les infidèles des colonies de leur patrie, pour y améliorer les âmes, les imprégner progressivement du saint Évangile, et les disposer ainsi à le recevoir tout entier.

ARTICLE XXIV. HUMILITÉ, PAUVRETÉ ET PÉNITENCE DANS LES VÊTEMENTS. Quels furent les vêtements de Jésus à Nazareth ? Qui est le plus grand, Jésus ou nous ? Aimons-nous Jésus, voulons-nous Lui ressembler, Le suivre, partager sa vie, être de sa famille, entre Marie et Joseph ? La réponse à ces questions nous indique ce que doivent être nos vêtements, ce que doivent être ceux de vrais chrétiens; elle nous indique combien ils doivent être humbles et pauvres, et cela toujours, soit en particulier, soit en famille, soit en société nombreuse, et combien ils doivent être habituellement pénitents. Réglons-nous sur Celui qui doit être notre modèle unique et notre amour souverain. Pour le détail, prions, réfléchissons, et suivons les conseils de notre directeur spirituel. Les Frères et Sœurs du Sacré-Cœur doivent s'efforcer de développer chez les autres cette humilité, cette pauvreté et cette pénitence dans les vêtements qui font partie d'une vie vraiment chrétienne. Qu'ils les développent dans tout ce qui reçoit leur influence. Qu'ils travaillent à les répandre chez les infidèles des colonies de leur patrie, pour y améliorer les âmes, les imprégner progressivement du saint Évangile, et les disposer ainsi à le recevoir tout entier.

Article xxv. Humilité, Pauvreté et Pénitence dans le mobilier. Quel fut le mobilier de Jésus à Nazareth ? Qui est le plus profond, Jésus ou nous ? Aimons-nous Jésus, voulons-nous lui ressembler, le suivre, partager sa vie, être de sa famille, entre Marie et Joseph ? La réponse à ces questions nous indique ce que doit être notre mobilier, ce que doit être celui de vrais chrétiens; elle nous indique combien il doit être humble et pauvre, et cela toujours, que nous vivions seuls ou en famille, et quel que soit notre rang social, et combien il doit être habituellement pénitent. Réglons-nous sur Celui qui doit être notre modèle unique et notre amour souverain. Pour le détail, prions, réfléchissons, et suivons les conseils de notre directeur spirituel. Les Frères et Sœurs du Sacré-Cœur doivent s'efforcer de développer chez les autres cette humilité, cette pauvreté et cette pénitence dans le mobilier qui font partie d'une vie vraiment chrétienne. Qu'ils les développent dans tout ce qui reçoit leur influence. Qu'ils travaillent à les répandre chez les infidèles des colonies de leur patrie, pour y améliorer les âmes, les imprégner progressivement du saint Évangile et les disposer ainsi à le recevoir tout entier.

Article xxvi. Humilité, Pauvreté et Pénitence dans les édifices. Que fut l'habitation de Jésus à Nazareth ? Qui est le plus grand, Jésus ou nous ? Aimons-nous Jésus, voulons-nous lui ressembler ? Le suivre, partager sa vie, être de sa famille, entre Marie et Joseph ? La réponse à ces questions nous indique ce que doivent être nos habitations, ce que doivent être celles de vrais chrétiens, elle nous indique combien elles doivent être humbles et pauvres, et cela toujours, que nous vivions seuls ou en famille, et quel que soit notre rang social, et combien elles doivent être habituellement pénitentes. Réglons-nous sur Celui qui doit être notre modèle unique et notre amour souverain. Pour le détail, prions, réfléchissons, et suivons les conseils de notre directeur spirituel. Les Frères et Sœurs du Sacré-Cœur doivent s'efforcer de développer chez les autres cette humilité, cette pauvreté et cette pénitence dans les édifices qui font partie d'une vie vraiment chrétienne. Qu'ils les développent dans tout ce qui reçoit leur influence. Qu'ils travaillent à les répandre chez les infidèles des colonies de leur patrie, pour y améliorer les âmes, les imprégner progressivement du saint Évangile et les disposer ainsi à le recevoir tout entier.

ARTICLE XXVII. HORAIRE. La vie intérieure ne saurait être bien réglée si la vie extérieure ne l'est pas. Les frères et sœurs, après avoir prié et réfléchi pour connaître l'emploi qu'il plaît le plus à Dieu qu'ils fassent des diverses heures de la journée, se composeront un horaire qu'ils soumettront à leur directeur spirituel et rectifieront selon ses avis; ils se conformeront à cet horaire de la manière que leur indiquera leur directeur, et y feront, quand il y aura lieu, selon ses conseils, les modifications demandées par les circonstances. Comme l'horaire de tout chrétien, celui des frères et sœurs partagera la journée en trois parties : prière, travail, repos, le travail comprenant les travaux intellectuels et manuels et l'accomplissement de tous les devoirs qui ne sont pas ceux de la prière et de la réparation des forces corporelles, le repos contenant les heures consacrées au sommeil, à la nourriture, à la réparation des forces. En outre, de cette division de l'horaire, commune à tout chrétien, les frères et sœurs auront, dans leur horaire, trois points qui leur seront spéciaux : 1° un certain temps d'adoration devant le Très Saint Sacrement; 2° un certain temps d'humble et vil travail manuel; 3° un certain temps consacré à amener à Jésus les âmes éloignées de Lui et surtout celles des infidèles appartenant aux colonies de leur patrie. Pour ces trois points de l'horaire, comme pour le reste, chacun, après avoir prié et réfléchi, exposera à son directeur ce qu'il croit être agréable à Dieu et le directeur décidera[1]. Les horaires des frères et sœurs seront très différents les uns des autres, les conditions et les circonstances étant très variées; mais tous seront semblables par leur division en heures de prière, de travail et de repos, et par la fixation des temps d'adoration de la sainte Eucharistie, de travail manuel et de travail de conversion du prochain.

ARTICLE XXVIII. MOYENS GÉNÉRAUX EN PARTICULIER POUR LA CONVERSION DES AMES ÉLOIGNÉES DE JÉSUS, ET SPÉCIALEMENT DES INFIDÈLES APPARTENANT AUX COLONIES DE LA MÈRE-PATRIE. Les principaux moyens recommandés aux frères et sœurs pour la conversion des âmes et particulièrement pour celle des infidèles des colonies de leur patrie sont : 1° le saint sacrifice de la messe; 2° la présence de la sainte Eucharistie; 3° la sanctification personnelle; 4° la prière; 5° la pénitence; 6° le bon exemple; 7° la bonté; 8° l'établissement des rapports d'amitié avec les personnes, avec le soin constant de faire du bien à leurs âmes; 9° l'aide prêtée aux prêtres, religieux et religieuses qui travaillent au salut des âmes dans le lieu où l'on est, et particulièrement à ceux d'entre eux qui travaillent à la conversion des infidèles des colonies de la mère-patrie; 10° l'aide prêtée aux prêtres religieux et religieuses qui travaillent au salut des âmes hors du lieu où l'on est, et particulièrement à ceux d'entre eux qui travaillent à la conversion des infidèles des colonies de la mère-patrie.

1° Les frères et sœurs travailleront à accroître le nombre des messes, et surtout à en accroître le nombre chez les

1. [Comp. *texte 1901*, chap. XVI et XXXIX.]

peuples infidèles des colonies de leur patrie. Ils en feront appliquer pour la conversion des âmes, et surtout pour celles des infidèles des colonies de leur patrie. En célébrant, en entendant la sainte messe, et en recevant la sainte communion, ils prieront pour la conversion des âmes et surtout pour celle des infidèles des colonies de leur patrie.

2° Les frères et sœurs travailleront à augmenter le nombre des tabernacles dans lesquels réside en permanence la sainte Eucharistie, et surtout à en augmenter le nombre dans les parties [infidèles] des colonies de leur patrie. Ils s'efforceront de développer le culte de la sainte Eucharistie, les adorations, bénédictions du Très Saint Sacrement, et surtout de les développer dans les pays infidèles des colonies de leur patrie. Devant le Très Saint Sacrement, ils prieront et s'efforceront de faire prier pour la conversion des âmes et en particulier pour celle des infidèles des colonies de leur patrie.

3° On fait du bien, non dans la mesure de ce qu'on dit et de ce qu'on fait, mais dans la mesure de ce qu'on est, dans la mesure de la grâce qui accompagne nos actes, dans la mesure en laquelle Jésus vit en nous, dans la mesure en laquelle nos actes sont des actes de Jésus agissant en nous et par nous. Le degré de notre sanctification personnelle sera celui du bien produit par nos prières, nos pénitences, nos exemples, nos actes de bonté, nos œuvres de zèle. La première chose à faire pour être utile aux âmes, c'est de travailler de toutes nos forces et continuellement à notre conversion personnelle. C'est notre directeur spirituel qui nous y aidera : ayons une bonne volonté complète, mettons-nous entre ses mains avec pleine obéissance, et sous sa direction travaillons avec courage et sans relâche. L'âme fait du bien dans la mesure de sa sainteté : que cette vérité soit toujours devant nos yeux.

4° « Demandez et on vous donnera; cherchez et vous

trouverez; frappez et on vous ouvrira. » « Si deux d'entre vous s'accordent sur la terre, quelque chose qu'ils demandent, elle leur sera accordée par mon Père. » Avec quelle confiance les frères et sœurs doivent adresser leurs prières au Père céleste, eux qui s'accordent sur la terre pour Lui demander une même chose, celle qu'Il veut Lui-même, « que Son nom soit sanctifié, que Son règne arrive, que Sa volonté soit faite sur la terre comme elle l'est au ciel ». Prions donc beaucoup pour la conversion des âmes et particulièrement pour celle des infidèles, assurés par la parole de Jésus que nos prières sont agréables à Dieu, conformes à Sa volonté et exaucées. Que notre vie soit une vie de prière continuelle. Ne nous contentons pas de prier, faisons prier par les autres; efforçons-nous de développer le nombre des Frères et Sœurs du Sacré-Cœur pour accroître le nombre des prières; faisons prier de toutes parts pour les pécheurs et surtout pour les infidèles.

5° La pénitence, c'est-à-dire le sacrifice, l'acceptation des croix envoyées par Dieu et les actes de mortification volontaire autorisés par le directeur spirituel, est comme une prière. Comme la prière, elle obtient des grâces pour nous-mêmes et pour le prochain. C'est par la croix que Jésus a sauvé le monde, c'est par la croix, en laissant Jésus vivre en nous et achever en nous par nos souffrances ce qui manque à sa Passion, que nous devons continuer jusqu'à la fin des temps l'œuvre de la Rédemption. Sans croix, il n'est pas d'union à Jésus crucifié, ni à Jésus Sauveur. Si nous voulons être amants de Jésus, étreignons sa croix; si nous voulons travailler au salut des âmes avec Jésus, que notre vie soit une vie crucifiée. Recevons amoureusement toute souffrance comme imposée par Jésus, comme un présent de la main du Bien-Aimé. Prions et réfléchissons pour connaître les mortifications volontaires que Dieu demande de nous, consultons notre directeur et faisons ce qu'il nous dit. Faisons de toute notre vie par la pauvreté et la pénitence dans la nourriture, les vêtements, le mobilier, les habitations, par l'éloignement des choses mondaines, le travail et le dévouement au prochain, une vie pénitente comme celle de Jésus à Nazareth. Ayons devant l'esprit ces paroles par lesquelles Jésus dit fortement qu'on ne sauve les âmes qu'en souffrant : « Comme Moïse éleva dans le désert le serpent d'airain, ainsi il faut que le Fils le l'homme soit élevé », « quand vous aurez élevé le Fils de l'homme, alors vous connaîtrez qui je suis », « si le grain de blé ne meurt pas, il ne rapporte rien, mais s'il meurt il rapporte beaucoup de fruit », « quand j'aurai été élevé de terre, j'attirerai tout à moi[1] ». Que les frères et sœurs offrent à Dieu une partie de leurs souffrances pour le salut des âmes et surtout pour celui des infidèles des colonies de leur patrie. Qu'ils travaillent à développer l'esprit de sacrifice et de pénitence, qu'ils demandent autour d'eux qu'on offre à Dieu les croix pour la conversion des âmes et particulièrement pour celle des infidèles des colonies de la mère-patrie.

6° Par leur exemple, les frères et sœurs doivent être une prédication vivante : chacun d'eux doit être un modèle de vie évangélique. En les voyant on doit voir ce qu'est la vie chrétienne, ce qu'est la religion chrétienne, ce qu'est l'Évangile, ce qu'est Jésus. La différence entre leur vie et la vie des non-chrétiens doit faire paraître avec éclat où est la vérité. Ils doivent être un Évangile vivant : les personnes éloignées de Jésus, et spécialement les infidèles, doivent, sans livres et sans paroles, connaître l'Évangile par la vue de leur vie. L'exemple est la seule œuvre extérieure par laquelle ils puissent agir sur les âmes tout à fait rebelles à Jésus, qui ne veulent ni écouter les paroles de ses serviteurs, ni lire

1. [Mêmes citations ap. *texte 1901*, chap. XXXII, fin du préambule.]

leurs livres, ni recevoir leurs bienfaits, ni accepter leur amitié, ni communiquer en aucune manière avec eux : sur ceux-là, il n'y a d'action que par l'exemple; mais cette action par l'exemple est d'autant plus forte qu'elle n'excite aucune défiance, toute apparence de tromperie ou de séduction en étant écartée.

Que les frères et sœurs s'efforcent d'être un Évangile vivant pour tous ceux qui les entourent. Qu'ils travaillent à développer les bons exemples autour d'eux, parmi les infidèles des colonies de leur patrie. Un des obstacles à la conversion de ceux-ci est parfois que les chrétiens établis parmi eux leur donnent plutôt de mauvais exemples que de bons. Aux frères et sœurs appartient de réagir contre ce mal et de travailler à l'extension des bons exemples parmi les infidèles des colonies et à l'établissement parmi eux de fervents chrétiens de toute condition capables de faire connaître par leur exemple ce qu'est la religion chrétienne, et de faire « voir » l'Évangile dans leur vie. Dans ce but, que les frères et sœurs poussent les âmes ferventes à entrer parmi les Frères et Sœurs du Sacré-Cœur, qu'ils secondent le directeur de leur Union locale, et que, guidés par lui, ils travaillent à accroître dans les pays infidèles des colonies de leur patrie le nombre des fervents chrétiens et celui des Frères et Sœurs du Sacré-Cœur et à les aider dans leurs œuvres.

7° Que les frères et sœurs soient bons. Qu'ils soient bons pour obéir à Jésus qui a dit : « Le premier devoir est d'aimer Dieu, le second, d'aimer le prochain »; la manifestation de l'amour envers les hommes c'est la bienveillance, la bonté, le fait de leur vouloir du bien et de leur en faire dans la mesure du possible. Qu'ils soient bons pour imiter Jésus, « aimez-vous les uns les autres comme je vous ai aimés ». Qu'ils soient bons pour être vraiment ses disciples : « Aimez-vous les uns les autres, c'est à cela qu'on vous reconnaîtra pour mes disciples. » Qu'ils soient bons parce que c'est un des moyens de faire du bien aux âmes : « Semez de l'amour, vous récolterez de l'amour », a dit saint Jean de la Croix. Le meilleur moyen pour se faire aimer est d'aimer soi-même; et être aimé, c'est le moyen de voir ses exemples suivis, ses paroles écoutées, ses conseils efficaces, ses affirmations crues, ses croyances adoptées. Que les frères et sœurs soient bons pour se faire aimer et pour faire aimer tout ce qui est d'eux, leur religion, leur Maître. Cette bonté, c'est envers tous qu'il faut l'avoir : tous sont fils du Père céleste, tous sont images de Dieu et membres de Jésus. En l'ayant pour ce qui nous entoure, ayons-le aussi pour les infidèles, que nous soyons au milieu d'eux ou au loin. Tant de défiances, de préjugés, de différences de mœurs, parfois tant de haine et de mépris les tiennent éloignés de nous, que, pour pouvoir faire du bien à leurs âmes, il faut commencer par les apprivoiser, aller à eux, être bon pour eux, les mettre en confiance par des témoignages de bonté. Tels, se raidissant contre la bonté et la regardant comme intéressée, se rendent devant l'évidence des exemples; tels, se tenant trop à l'écart pour voir les exemples, fermant volontairement les yeux sur eux, se laissent adoucir par les marques de bonté. Bon exemple et bonté sont nécessaires tous deux, sont tous deux de grands moyens de faire du bien aux âmes partout, et particulièrement en pays infidèle. Que les frères et sœurs placés au milieu des infidèles les rapprochent par leur bonté d'eux et de Jésus. Que ceux qui n'y sont pas travaillent à augmenter le nombre des chrétiens fervents se faisant aimer d'eux et faisant aimer d'eux Jésus par leur bonté; dans ce but, qu'ils poussent les âmes pieuses à entrer parmi les Frères et Sœurs du Sacré-Cœur; qu'ils secondent le directeur de leur Union locale, et que, guidés par lui, ils travaillent à accroître dans les pays infidèles des colonies de leur patrie le nombre des fervents chrétiens et celui des Frères et Sœurs du Sacré-Cœur, et à les aider dans leurs œuvres.

8° Dieu, pour nous sauver, est venu à nous, s'est mêlé à nous, a vécu avec nous dans le contact le plus familier et le plus étroit, de l'Annonciation à l'Ascension. Pour le salut des âmes, il continue à venir à nous, à se mêler à nous, à vivre avec nous, dans le contact le plus étroit, chaque jour et à toute heure dans la sainte Eucharistie. Ainsi, nous devons, pour travailler au salut des âmes, aller à elles, nous mêler à elles, vivre avec elles dans un contact familier et étroit. Nous devons le faire pour toutes les âmes à la conversion desquelles Dieu veut que nous travaillions particulièrement, et surtout pour les infidèles des colonies de notre patrie. Aller à eux les premiers, alors que souvent ils se tiennent à l'écart et nous fuient, les apprivoiser, les mettre en confiance, leur inspirer l'estime, l'affection, quelque long temps et quelque patience que cela demande, établir enfin avec eux un contact étroit, des rapports d'amitié et faire en même temps et ensuite ce que nous pouvons pour le salut de leurs âmes, c'est ce que nous devons faire avec les infidèles; ces moyens, utiles avec tous, le sont surtout avec eux; ils sont séparés de nous par la race, les mœurs, la langue, les préjugés, la défiance, souvent la haine et le mépris; ce n'est qu'en allant à eux, se mêlant à eux, les apprivoisant, qu'on peut faire tomber peu à peu ces barrières, diminuer l'ignorance, remplacer des idées fausses par de vraies, donner par la conversation un commencement d'instruction qui ouvre l'esprit, fait désirer plus de lumière et dispose à la recevoir. Les frères et sœurs établis chez les infidèles regarderont comme un de leurs premiers devoirs d'aller à eux, de se mêler à eux, d'établir avec eux le contact et des rapports d'affection, tout en faisant à leurs âmes le bien qu'ils peuvent. Les frères et sœurs qui ne sont pas chez les infidèles travailleront à augmenter le nombre des chrétiens fervents qui établissent avec eux ce contact; dans ce but, ils pousseront les âmes pieuses à entrer parmi les Frères et Sœurs du Sacré-Cœur; ils seconderont le directeur de leur Union locale, guidés par lui, ils travailleront à accroître dans les pays infidèles des colonies de leur patrie le nombre des chrétiens fervents et celui des Frères et Sœurs du Sacré-Cœur, et à les aider dans leurs œuvres.

9° Les frères et sœurs doivent être les auxiliaires des prêtres, religieux et religieuses établis au lieu où ils sont et y travaillant au salut des âmes. Qu'ils les aident en toutes choses et de toutes leurs forces : qu'ils soient pour eux des frères, des sœurs, des auxiliaires affectionnés et dévoués. Qu'ils leur prêtent d'abord leur appui moral, l'appui de leur amour fraternel et de leur union d'âme, puis celui de leurs prières et de toutes les œuvres en leur pouvoir. Avant tout, que, comme les chrétiens de la primitive Église, ils ne fassent avec eux qu'un cœur et qu'une âme; « aimez-vous les uns les autres, c'est à cela qu'on vous reconnaîtra pour mes disciples », « qu'ils soient tous un comme nous sommes un », « Je suis en eux et vous en moi, afin qu'ils soient consommés dans l'unité, et que le monde connaisse que vous m'avez envoyé ». C'est l'accord, l'union, l'amour fraternel que Jésus indique comme la note à laquelle on reconnaît ses disciples. Il veut qu'ils soient un comme Il est un avec son Père par substance. Il leur montre la cause et le principe de leur union et de leur amour dans sa présence en chacun d'eux, et par la communion sacramentelle et par la grâce : ceux qui le laissent vivre en eux et agir en eux sont nécessairement un. Il annonce que cette union et cet amour fraternel seront ce qui convertira les âmes et les amènera à la foi. Ne soyons donc qu'un cœur et qu'une âme avec les prêtres, religieux et religieuses travaillant au salut des âmes dans le lieu où nous sommes. Pour les moyens de les aider, consultons-les, consultons le directeur de notre Union locale, prions, réfléchissons, puis consultons notre directeur spirituel et faisons ce qu'il nous dit. Soyons surtout les auxiliaires des prêtres, religieux et religieuses qui travaillent au lieu où nous sommes à la conversion des infidèles appartenant aux colonies de notre patrie, que nous soyons au milieu de ces infidèles ou que nous n'y soyons pas; dans les deux cas, nous les consulterons, nous prierons, nous réfléchirons, nous consulterons le directeur de notre Union locale sur les moyens de leur venir en aide, puis nous prendrons l'avis de notre directeur spirituel et nous ferons ce qu'il nous dira.

10° Tout en aidant les prêtres, religieux et religieuses qui travaillent au salut des âmes dans leur localité, les Frères et Sœurs du Sacré-Cœur ne doivent pas plus limiter à eux les effets de leur dévouement, qu'ils ne doivent limiter à eux leur dévouement et leur charité. Ils doivent laisser Jésus vivre en eux, son Cœur vivre dans leur cœur. Il embrasse tous les hommes dans un même amour et répand ses dons sur tous. Les prêtres, religieux et religieuses établis hors du lieu où nous sommes en pays chrétien ont tous besoin du secours des prières, des sacrifices, des saints exemples; nous les leur devons, nous leur devons aussi d'autres secours que nous pouvons leur prêter, comme de les aider à faire pénétrer dans les lieux où ils sont de bons livres, de pieuses œuvres, à y accroître le nombre de leurs établissements religieux, nous leur devons de travailler à répandre parmi eux l'Union des Frères et Sœurs du Sacré-Cœur; nous leur devons, en certains cas, des secours matériels, par exemple lorsqu'un fléau ravage leur pays, lorsqu'ils sont persécutés, ou que la contrée qu'ils habitent est très pauvre ou très peu fervente. Mais nos devoirs envers les âmes des lieux éloignés doivent s'exercer surtout par l'aide prêtée aux missionnaires qui sont chez les infidèles des colonies de notre patrie. Chez les infidèles, le besoin est plus grand qu'ailleurs, la lumière n'entre que par les peuples chrétiens, et le fait qu'ils appartiennent à notre patrie nous donne envers eux des devoirs spéciaux. Les âmes des infidèles, universellement éloignés de la foi, sont ces brebis perdues, ces malades et ces aveugles spirituels vers lesquels la charité chrétienne doit aller de préférence; elles sont les membres les plus souffrants du Christ. Ses membres souffrant spirituellement, elles ont droit à nos soins plus que ses membres sains, et plus que ses membres souffrant matériellement. En pays infidèle, nul bien spirituel ne se fait que par les peuples chrétiens; eux y envoient des prêtres, des religieux et des religieuses; eux les y soutiennent, eux leur donnent le moyen de s'y développer, d'y faire du bien; eux y envoient des colons qui, s'ils sont bons chrétiens, deviennent d'excellents auxiliaires des prêtres, des missionnaires laïcs qui, mêlés à toute heure aux infidèles et n'excitant point de défiance religieuse, peuvent faire un bien extrême; les peuples chrétiens y font tout; là où ils portent leurs efforts, la lumière luit; les lieux qu'ils délaissent restent dans la nuit. Entre les infidèles, nous nous occupons d'abord de ceux qui appartiennent aux colonies de notre patrie, parce que nous avons envers eux des devoirs particuliers, analogues au devoir qu'ont les parents d'élever chrétiennement leurs enfants. Pour les moyens à employer afin d'aider les prêtres, religieux et religieuses qui sont chez les infidèles des colonies de leur patrie, les frères et sœurs prieront, réfléchiront, consulteront le directeur de leur Union locale, qui a mission de les éclairer en cela, puis ils prendront l'avis de leur directeur spirituel et ils feront ce que celui-ci dira.

ARTICLE XXIX. ORGANISATION INTÉRIEURE DE L'UNION. L'Union des Frères et Sœurs du Sacré-Cœur s'organise par nations. Des liens de charité fraternelle entretenus par des relations constantes et d'affectueux échanges de vues et de services, existeront entre les Unions des diverses nations.

Dans chaque nation, l'Union a pour chef un directeur général. Elle est divisée en Unions diocésaines, ayant chacune à sa tête un directeur diocésain. Chaque Union diocésaine est divisée en Unions locales ayant chacune à sa tête un directeur local.

Le directeur général est élu pour six ans, par l'assemblée des directeurs diocésains, une année paire. Les directeurs diocésains sont nommés pour quatre ans, par le directeur général, une année impaire. Les directeurs locaux sont nommés pour deux ans, par le directeur diocésain, une année paire. Nul ne peut être nommé directeur général, diocésain, ni local, sans l'assentiment de l'évêque du lieu, ni sans son propre consentement. Aucune Union diocésaine ni locale ne peut être constituée sans l'assentiment de l'évêque du lieu.

Le directeur général a deux assistants qu'il choisit lui-même et qu'il change quand il veut. L'un d'eux, appelé assistant général, est son vicaire; l'autre est appelé secrétaire général. Chaque directeur diocésain a un assistant, qu'il choisit lui-même et qu'il change quand il veut; il est appelé assistant diocésain et est son vicaire. Chaque directeur local a un assistant, qu'il choisit lui-même et qu'il change quand il veut. Il est appelé assistant local et est son vicaire.

Le directeur général réside dans sa patrie; il peut s'absenter de sa résidence chaque fois qu'il l'estime utile; lorsqu'il en est absent, l'assistant général doit y être pour l'y remplacer en ce qui est nécessaire. Le directeur diocésain réside dans son diocèse, il peut s'absenter de sa résidence chaque fois qu'il l'estime utile; lorsqu'il en est absent, l'assistant diocésain ne doit s'en éloigner que pour peu de jours, afin de le remplacer en ce qui est nécessaire. Le directeur diocésain réside dans son diocèse, il peut s'absenter de sa résidence chaque fois qu'il l'estime utile; lorsqu'il en est absent, l'assistant diocésain ne doit s'en éloigner que pour peu de jours, afin de le remplacer en ce qui est nécessaire. Le directeur réside dans le lieu dont il est directeur; il peut s'absenter chaque fois qu'il l'estime utile; si son absence dure plus d'un mois, l'assistant local doit, durant ce temps, ne s'éloigner du lieu que pour peu de jours, afin de le remplacer en ce qui est nécessaire.

Le directeur général constitue les Unions diocésaines. Le directeur diocésain constitue les Unions locales de son diocèse, en fixe les limites, et modifie celles-ci quand il y a lieu.

Les deux seules conditions pour pouvoir être élu directeur général, ou nommé directeur diocésain, directeur local, assistant du directeur général, du directeur diocésain, ou du directeur local, sont d'être prêtre et d'appartenir à l'Union des Frères et Sœurs du Sacré-Cœur de Jésus. Tous les directeurs et assistants peuvent être réélus ou renommés un nombre illimité de fois.

Les élections et nominations se font à date fixe, les unes les années paires, les autres les années impaires, pour éviter la coïncidence entre le changement du directeur général et celui des directeurs diocésains et celui des directeurs locaux. Toutes se feront le 8 septembre.

Bien que les directeurs diocésains soient nommés pour quatre ans et les directeurs locaux pour deux ans, le directeur général peut, pour causes graves et avec l'assentiment de l'évêque du lieu, changer un directeur diocésain avant l'expiration des quatre ans, et le directeur diocésain peut pour raisons graves et avec l'assentiment de l'évêque du lieu, changer un directeur local avant l'expiration des deux ans.

Si un directeur local meurt ou est déchargé de ses fonctions, le directeur diocésain lui nomme immédiatement avec l'assentiment de l'évêque du lieu, un successeur pour le temps qui reste jusqu'à la nomination de tous les directeurs locaux. Si un directeur diocésain meurt ou est déchargé de ses fonctions, le directeur général lui nomme immédiatement, avec l'assentiment de l'évêque du lieu, un successeur pour le temps qui reste jusqu'à la nomination de tous les directeurs diocésains.

Si le directeur général meurt moins d'un an avant l'expiration de sa charge, l'assistant général remplit les fonctions de directeur général, avec la pleine autorité de celui-ci jusqu'à l'expiration de la charge du directeur défunt. Si le directeur général meurt ayant encore un an entier ou davantage de charge à exercer, huit jours après sa mort, l'assistant général convoque les directeurs diocésains en réunion à sa résidence en leur fixant la date qui doit être au moins quarante jours et au plus soixante-dix jours après la mort du directeur défunt. Les directeurs diocésains, assez proches pour pouvoir aller à la réunion s'y rendent, et y élisent un directeur général dont les fonctions ne dureront que jusqu'à la date à laquelle expiraient celles de son prédécesseur.

Les directeurs généraux, diocésains, élus ou nommés, pour quelque cause que ce soit, à une autre date que la date fixe de la nomination des directeurs de leur classe, ne sont en charge que jusqu'au jour où sont nommés tous les directeurs de leur classe. Quand ce jour arrive, leurs fonctions expirent, et ils sont, comme les autres, ou renommés, ou changés.

Le directeur général doit visiter au moins une fois toutes les Unions diocésaines, même les plus éloignées, dans ses six ans de charge.

Le directeur local doit faire au moins une visite par an à tout frère et sœur de son Union, et un plus grand nombre, lorsque c'est utile et sans inconvénient. Il doit convoquer les frères et sœurs en réunions, sans faire de réunions de frères et sœurs mêlés, mais en faisant des réunions exclusivement de frères et des réunions exclusivement de sœurs, et en convoquant les uns et les autres de manière que tous soient convoqués environ une fois par mois. Dans ces réunions il expliquera le présent directoire, donnera les renseignements utiles, rendra compte des faits intéressant l'Union, des résultats et des besoins, donnera des instructions, examinera les questions avec les frères et sœurs.

Le directeur général et ses assistants, les directeurs diocésains et locaux et leurs assistants ne recevront aucune rémunération pour ces fonctions. Mais les frais occasionnés spécialement par leur charge (voyages, correspondances, etc.), seront portés en compte par eux et leur seront remboursés; on les prélèvera sur les aumônes recueillies parmi les frères et sœurs pour l'évangélisation des infidèles. Le directeur général fera imprimer les statuts et le directoire de l'Union; les frais d'impression lui seront remboursés de la même façon; il gardera les exemplaires en dépôt et les enverra, au fur et à mesure des demandes, aux directeurs diocésains, auxquels les directeurs locaux s'adresseront pour en avoir.

Aucune taxe, aucune aumône fixe ne sera imposée aux frères et sœurs, ni perçue d'eux; il ne sera reçu que des dons volontaires. Les directeurs généraux et diocésains feront appel à leur charité pour l'évangélisation des peuples infidèles, dans la mesure qu'ils [le] jugeront bon; ils le feront avec grande discrétion et grande délicatesse, évitant toute apparence d'indiscrétion et de rapacité; ils n'auront recours qu'à des appels laissant à chacun pleine liberté de donner ou de ne pas donner; ils feront en sorte qu'on ignore ceux qui donnent et ceux qui ne donnent pas; et combien on donne, l'offrande de chacun restant dans le secret.

Le directeur général ne fera pas d'appel direct à la charité des frères et sœurs; il fera faire par les directeurs diocésains les appels qu'il estime utiles. Le directeur diocésain fera, soit par lui-même, soit par l'entremise des directeurs locaux, les appels à la charité des frères et sœurs dont le charge le directeur général et ceux que lui-même juge bon de faire. Les directeurs locaux feront les appels à la charité des frères et sœurs dont les charge le directeur diocésain ou que le directeur diocésain les autorise expressément à faire; ils ne pourront en faire sans l'ordre ou l'autorisation expresse du directeur diocésain. Les directeurs locaux verseront intégralement toutes leurs recettes entre les mains des directeurs diocésains, aux échéances fixées par eux; ils tiendront rigoureusement leurs comptes et seront toujours en mesure de les leur présenter. Les directeurs diocésains verseront intégralement toutes les recettes entre les mains du directeur général, aux échéances fixées par lui; ils tiendront soigneusement leurs comptes et seront toujours en mesure de les lui présenter. Le directeur général réglera annuellement l'emploi des recettes d'après les principes suivants : si l'Union a des fidèles dans les colonies de sa patrie, le général emploiera les neuf dixièmes des recettes à l'évangélisation de ces fidèles et le reste à celle des infidèles particulièrement délaissés; si l'Union n'a pas d'infidèles dans les colonies de la mère-patrie, le général emploiera la totalité des recettes à l'évangélisation des infidèles particulièrement délaissés.

L'élection du directeur général se fait à la majorité absolue des voix (la moitié plus une des votants). Les directeurs diocésains présents à l'assemblée ont seuls droit de vote.

A moins de graves empêchements ou de grand éloignement, les directeurs diocésains doivent tous se rendre à la réunion qui se tient tous les six ans, le 8 septembre, pour l'élection du général.

Cette réunion a pour unique mission d'élire le directeur général.

Cette mission remplie, elle se dissout aussitôt. Le général

profite de la réunion sexennale pour voir en particulier, après l'élection, tous les directeurs diocésains, se faire exposer pour chacun d'eux l'état et les besoins de son Union diocésaine, donner à chacun ses instructions; les directeurs diocésains en profitent pour se voir les uns les autres, resserrer entre eux les liens de la charité, s'éclairer mutuellement dans leurs entretiens, chercher ensemble dans leurs conversations particulières les moyens de subvenir aux besoins spirituels des âmes et de s'entraider.

ARTICLE XXX. DEVOIRS SPÉCIAUX DU DIRECTEUR GÉNÉRAL. Les devoirs spéciaux du directeur général sont surtout : 1° faire progresser de plus en plus, par son exemple et son impulsion, les Frères et Sœurs du Sacré-Cœur dans l'imitation de Jésus, le culte très dévot du Très Saint-Sacrement, et dans les efforts ordonnés et persévérants pour la conversion des âmes éloignées de Jésus et surtout des infidèles des colonies de leur patrie; 2° rendre les Frères et Sœurs du Sacré-Cœur de plus en plus dévoués au Souverain Pontife, dociles à leur directeur spirituel, zélés et disciplinés auxiliaires des prêtres, religieux et religieuses qui travaillent au salut des âmes et spécialement de ceux qui travaillent à la conversion des infidèles des colonies de leur patrie; 3° étendre de plus en plus l'Union des Frères et Sœurs du Sacré-Cœur dans la patrie et dans les autres nations pour étendre l'imitation de Jésus, le culte de la sainte Eucharistie, les efforts pour la conversion des âmes et surtout pour celle des infidèles; 4° faire tout ce qui lui est possible, en travaillant sans relâche, en cherchant les meilleurs moyens, en s'efforçant de procurer tout ce qui est utile pour la conversion des infidèles, en commençant par ceux des colonies de sa patrie; 5° inculquer dans l'esprit des directeurs diocésains et locaux que les quatre devoirs énoncés ci-dessus sont les quatre premiers devoirs spéciaux de leur charge.

Le directeur général est chargé seul de la direction de l'Union des Frères et Sœurs du Sacré-Cœur de Jésus. Il a la pleine autorité et la pleine responsabilité. Il ne consulte les directeurs diocésains et ses assistants qu'à titre de conseils et dans la mesure qu'il veut. Il ne les consulte qu'en particulier et jamais en assemblée. L'assemblée sexennale des directeurs diocésains n'a d'autre mission que l'élection du directeur général, elle n'a pas à s'occuper de la direction de l'Union, qui appartient au directeur général seul.

Le directeur général devra être en étroites relations avec les prêtres, religieux et religieuses qui travaillent à la conversion des infidèles et tout particulièrement avec ceux qui travaillent à la conversion des infidèles des colonies de sa patrie, afin de pouvoir leur prêter lui-même et leur faire prêter par les directeurs diocésains, les directeurs locaux et les frères et sœurs, l'aide qui est un des principaux buts de l'Union.

Que le directeur général instruise plus encore d'exemple que de parole. Qu'il choisisse avec grand soin ses assistants et les directeurs provinciaux, qu'ils les choisisse avant tout pour leur vertu; qu'il veille à ce qu'ils instruisent surtout par l'exemple.

Qu'en résidence et en voyage, lui et ses assistants prêchent la pauvreté, l'abjection et la pénitence, — par la pauvreté et l'abjection de leur nourriture, de leurs vêtements, de leur mobilier, de leur domicile, de leur manière de vivre et de voyager. Parcimonieux pour eux-mêmes, qu'ils soient bienfaisants pour les pauvres, leur faisant une part dans leur pain quotidien comme faisait le divin artisan de Nazareth, et s'ôtant à eux-mêmes pour donner à Jésus dans les pauvres; qu'ils soient larges lorsqu'ils s'agit du bien des âmes, n'omettant aucun voyage utile aux âmes par économie d'argent.

Que la pensée des peuples infidèles des colonies de sa

patrie et de leur conversion ne quitte pas l'esprit du directeur général; cette conversion est un des objets principaux de l'Union des Frères et Sœurs du Sacré-Cœur; le directeur général doit continuellement tourner vers elle ses prières, ses réflexions et ses efforts ainsi que les prières, les pensées et les efforts des directeurs diocésains et locaux de tous les frères et sœurs.

Que le directeur général soit bon; que son gouvernement soit paternel. Qu'il soit le père de tous les frères et sœurs, le père des directeurs locaux et provinciaux. « *Plus amari appetat quam timeri.* » Qu'il lise souvent ce qui concerne les devoirs du supérieur dans la Règle de saint Augustin et s'y conforme.

Que le directeur général ne se contente pas d'être paternellement bon pour les directeurs diocésains et de les aimer; qu'il les voie beaucoup, soit en amitié intime avec chacun d'eux, afin que leur abandon, leur ouverture, leur union d'âme lui donnent plus de lumières, lui permettent de les mieux diriger, et rendent leur docilité plus parfaite. Qu'il ne craigne pas de faire beaucoup de voyages pour le bien des âmes, et de visiter souvent les directeurs diocésains, même ceux qui sont très éloignés. Sa vie est celle d'un apôtre se faisant tout à tous pour gagner tout à Jésus.

ARTICLE XXXI. DEVOIRS SPÉCIAUX DU DIRECTEUR DIOCÉSAIN. Les devoirs spéciaux du directeur diocésain sont : 1° faire progresser de plus en plus, par son exemple et son impulsion, les Frères et Sœurs du Sacré-Cœur de son diocèse dans l'imitation de Jésus, le culte très dévot du Très Saint-Sacrement, et les efforts ordonnés et persévérants pour la conversion des âmes éloignées de Jésus et surtout des infidèles des colonies de leur patrie; 2° rendre les frères et sœurs de son diocèse de plus en plus dévoués au Souverain Pontife, dociles à leur directeur spirituel, zélés et disciplinés auxiliaires des prêtres, religieux et religieuses qui travaillent au salut des âmes, et spécialement de ceux qui travaillent à la conversion des infidèles des colonies de leur patrie; 3° développer de plus en plus dans son diocèse les Unions locales de Frères et Sœurs du Sacré-Cœur, pour y étendre l'imitation de Jésus, le culte de la sainte Eucharistie, les efforts pour la conversion des âmes et surtout pour celle des infidèles; 4° faire tout ce qui lui est possible en se conformant aux instructions du directeur général et en travaillant sans relâche pour la conversion des infidèles en commençant par ceux des colonies de sa patrie; 5° inculquer dans l'esprit des directeurs locaux que les quatre devoirs précédemment énoncés sont les quatre premiers devoirs spéciaux de leur charge.

Le directeur diocésain devra, s'il est en pays infidèle, être en étroites relations avec les prêtres, religieux et religieuses qui travaillent dans son diocèse à la conversion des infidèles, et s'il n'est pas en pays infidèle, il devra être en relations étroites avec les missionnaires en pays infidèle que lui désigne le directeur général, afin de pouvoir diriger les directeurs locaux dans l'aide que ceux-ci doivent leur prêter et leur faire prêter par les frères et sœurs.

Que le directeur diocésain instruise plus encore d'exemple que de parole. Qu'il choisisse avec soin son assistant et les directeurs locaux. Qu'il les choisisse avant tout pour leur vertu; qu'il veille à ce qu'ils instruisent surtout par l'exemple.

Que la pensée des peuples infidèles des colonies de sa patrie et de leur conversion ne quitte pas son esprit; cette conversion est un des objets principaux de l'Union des Frères et Sœurs du Sacré-Cœur; le directeur diocésain doit continuellement tourner vers elle ses prières, ses réflexions et ses efforts, ainsi que les prières, les pensées et les efforts des directeurs locaux et des frères et sœurs.

Que le directeur diocésain soit un modèle d'amour filial et de docilité envers le directeur général, d'amour paternel et de bonté envers les directeurs locaux et les frères et sœurs. Qu'il lise souvent dans la Règle de saint Augustin ce qui concerne les devoirs des inférieurs envers leur supérieur, et les devoirs du supérieur et qu'il s'y conforme. Qu'il soit le plus tendre, le plus dévoué, le plus docile des fils pour le directeur général, — le plus tendre, le plus dévoué, le plus vigilant des pères pour les directeurs locaux et les frères et sœurs.

Que le directeur diocésain ne se contente pas d'être paternellement bon pour les directeurs locaux et de les aimer; qu'il les voie beaucoup, soit en amitié intime avec chacun d'eux, afin que leur abandon, leur ouverture, leur union d'âme lui donnent plus de lumière, lui permettent de les mieux diriger, et rendent leur docilité plus parfaite. Qu'il ne craigne pas de visiter souvent les directeurs locaux. Sa vie est celle d'un apôtre se faisant tout à tous pour gagner tout à Jésus.

ARTICLE XXXII. DEVOIRS SPÉCIAUX DU DIRECTEUR LOCAL. Les devoirs spéciaux du directeur local sont : 1° Faire progresser de plus en plus, par son exemple et son impulsion, les frères et sœurs de sa localité dans l'imitation de Jésus, le culte très dévot du Très Saint-Sacrement, et les efforts ordonnés et persévérants pour la conversion des âmes éloignées de Jésus et surtout des infidèles des colonies de leur patrie; 2° rendre les frères et sœurs de sa localité de plus en plus dévoués au Souverain Pontife, dociles à leur directeur spirituel, zélés et disciplinés auxiliaires des prêtres, religieux et religieuses travaillant au salut des âmes, et spécialement de ceux qui travaillent à la conversion des infidèles des colonies de leur patrie; 3° accroître dans sa localité le nombre des Frères et Sœurs du Sacré-Cœur, pour y étendre l'imitation de Jésus, le culte de la sainte Eucharistie, les efforts pour la conversion des âmes et surtout pour celle des infidèles; 4° faire tout ce qui lui est possible, en se conformant aux instructions du directeur diocésain et en travaillant sans relâche pour la conversion des infidèles, [en commençant par ceux des colonies de sa patrie].

Le directeur local devra, s'il est en pays infidèle, être en étroites relations avec les prêtres, religieux et religieuses qui travaillent dans sa localité à la conversion des infidèles, et, s'il n'est pas en pays infidèle, il devra être en relations étroites avec les missionnaires des pays infidèles que lui désigne le directeur diocésain, afin de pouvoir pousser et guider les frères et sœurs dans l'aide qu'ils doivent leur prêter.

Que le directeur local instruise plus encore d'exemple que de parole. Qu'il choisisse avec soin son assistant, qu'il le choisisse avant tout pour sa vertu.

Que la pensée des peuples infidèles des colonies de sa patrie et de leur conversion ne quitte pas l'esprit du directeur local : cette conversion est un des objets principaux de l'Union des Frères et Sœurs du Sacré-Cœur; le directeur local doit continuellement tourner vers elle ses prières, ses réflexions et ses efforts, ainsi que les prières, les pensées et les efforts des frères et sœurs.

Que le directeur local ne se contente pas d'être paternellement bon pour les frères et sœurs et de les aimer; qu'il les voie beaucoup et soit en rapports étroits d'amitié avec chacun d'eux, regardant les plus âgés comme des pères et mères, les plus jeunes comme ses enfants, les autres comme ses frères et sœurs. Que la charité spirituelle établisse entre lui et eux une pleine ouverture, une complète union d'âme; qu'ainsi il ait plus de lumière, puisse mieux diriger et soit plus écouté. Qu'il ne craigne pas de visiter souvent les frères de sa localité; qu'il unisse le zèle et le dévouement à la réserve et à la discrétion; que sa prudence, sa réserve, sa discrétion soient grandes surtout avec les sœurs. Tout en ne faisant aucune visite imprudente ou indiscrète, qu'il n'omette pas celles qui sont désirables pour le bien des âmes. Qu'il ne craigne pas de consacrer beaucoup de temps à parler aux frères et sœurs. Sa vie est celle d'un apôtre se faisant tout à tous pour gagner tout à Jésus.

ARTICLE XXXIII. DEVOIRS SPÉCIAUX DES FRÈRES ET SŒURS DU SACRÉ-CŒUR ENVERS LES DIRECTEURS DE L'UNION. Les frères et sœurs doivent être pour les directeurs de l'Union pleins de charité filiale, d'ouverture, de confiance et de pieuse déférence. Ils doivent suivre leurs impulsions en ce qui concerne les buts de l'Union. Ils doivent prendre leurs conseils en grande considération, en conférer avec leur directeur spirituel, et faire ce que celui-ci leur dit [1]. La mesure du zèle des frères et sœurs à suivre les impulsions des directeurs de l'Union sera la mesure des fruits de celle-ci.

Qu'ils soient ouverts et confiants avec leur directeur local, le regardant comme leur frère, comme un ami éprouvé que Dieu leur donne. Qu'ils aillent le voir souvent, s'entretenant avec lui de ce qui concerne les buts de l'Union, de l'imitation de Jésus, de la dévotion à la sainte Eucharistie, de la conversion des infidèles appartenant aux colonies de leur patrie. Qu'avec lui, ils cherchent les moyens de répandre l'Union, de travailler à la conversion des âmes et surtout à celle des infidèles des colonies de la mère-patrie. Qu'ils le secondent de tout leur pouvoir dans ses travaux apostoliques. Qu'ils répondent à ses invitations, à ses appels. Que

1. [« Distinction des pouvoirs » entre les deux directions : celle de l'âme et celle de l'œuvre; par application du décret du 17 décembre 1890, que le P. de Foucauld avait particulièrement étudié; cf. *supra*, art. III-V, et *infra*, XXXVI.]

leur zèle croissant à imiter Jésus, à honorer la sainte Eucharistie, à travailler à la conversion des infidèles des colonies de leur patrie, que leur dévotion pour le Souverain Pontife, leur docilité à leur directeur spirituel, leur dévouement à être les auxiliaires des prêtres qui travaillent au salut des âmes et surtout de ceux qui évangélisent les infidèles des colonies de leur patrie, que leur zèle à développer l'Union des Frères et Sœurs du Sacré-Cœur, que leur charité fraternelle entre eux, leur charité filiale envers les directeurs de l'Union, leur zèle à suivre leurs impulsions, soient la preuve de leur volonté d'être vraiment Frères et Sœurs du Cœur de Jésus et d'accomplir les devoirs de l'Union où ils sont entrés pour son amour.

ARTICLE XXXIV. DEVOIRS SPÉCIAUX DES FRÈRES ET SŒURS ENTRE EUX. Si les frères et sœurs doivent voir Jésus en tout humain, « tout ce que vous faites à l'un de ces petits, vous me le faites », s'ils doivent voir Jésus dans ses ennemis, dans les plus pécheurs, dans les infidèles, combien doivent-ils le voir en ceux qui, comme eux, l'aiment de tout leur cœur, se sont engagés à son imitation et à son service par les mêmes promesses qu'eux, Lui obéissent comme eux de toutes leurs forces, Le reçoivent comme eux dans la sainte Eucharistie, et Le laissent vivre et agir constamment en leur âme par la grâce! Quelle charité ils doivent avoir pour des frères et sœurs appartenant à Jésus à tant de titres, spécialement chéris de Jésus pour tant de causes, et en qui Jésus vit d'une manière si spéciale! Que les frères et sœurs se regardent tous comme de petits frères et de petites sœurs de Jésus, serrés entre Lui, Marie et Joseph dans la sainte maison de Nazareth[1]. Que l'Union des Frères et Sœurs du Sacré-Cœur leur apparaisse sous cette forme en

1. [*Texte 1901*, chap. XXIV.]

ce monde. Qu'ils pensent souvent à ce qu'elle sera au ciel, si parfaite, si unie, si brûlante de charité, entre Jésus, Marie et Joseph, dans la lumière et l'amour éternels. Que les frères et sœurs s'aiment fraternellement entre eux; que chacun ait un ardent désir de la sanctification de tous; que tous prient les uns pour les autres, pour les vivants et pour les morts. Que ceux d'une même localité se connaissent entre eux, soient fraternellement unis par un amour spirituel, souhaitant l'avancement de chacun dans la vertu; qu'ils s'entraînent mutuellement à la sainteté par l'exemple; qu'ils s'intéressent affectueusement les uns aux autres, « joyeux avec ceux qui sont dans la joie, pleurant avec ceux qui pleurent », qu'ils s'entraident spirituellement et matériellement de toute manière en frères. Qu'ils n'aient pas entre eux de procès (des procès entre des frères de Jésus, dans la maison de Nazareth, quelle incompatibilité!); s'il s'élève entre eux un différend ou un litige, et s'ils n'ont pas la vertu de se mettre d'accord, il est désirable qu'ils n'aillent pas devant un tribunal, mais qu'ils terminent l'affaire par l'arbitrage d'un homme de confiance, et que tout souvenir de désaccord disparaisse : mais cela même est une imperfection, il vaudrait mieux qu'ils cèdent de ce qu'ils croient leur droit[1], comme y exhorte saint Paul, et comme il convient à des frères et sœurs de Jésus dans la maison de Nazareth; qu'en cela comme en tout, ils consultent leur directeur spirituel et suivent ses conseils. Qu'ils soient humbles entre eux; que ceux qui, par leur position sociale, sont au dernier rang, n'en rougissent pas, mais s'en félicitent, car c'était le rang de Jésus, Marie et Joseph; qu'ils ne s'enorgueillissent pas non plus de l'égalité fraternelle dans laquelle l'Union les met avec les frères et sœurs d'un rang plus élevé,

1. [Le *texte de 1901* rappelle l'exemple « immortel » des moines de Grandmont » (chap. XXVIII).]

mais qu'ils restent chrétiennement humbles; que ceux dont la position sociale est plus haute ne s'enorgueillissent pas, puisqu'elle est une réelle infériorité, n'étant pas celle qu'a choisie Jésus et les mettant extérieurement dans un état différent du sien; qu'ils réparent cette infériorité par une humilité chrétienne plus grande, persuadés que c'est un honneur pour eux d'être frères et sœurs de ceux qui, aussi pauvres et abjects que Jésus, Lui ressemblent plus qu'eux. Qu'ils soient doux entre eux; que la colère, la dureté, la rudesse, l'amertume, la raideur, l'impatience, la froideur, soient aussi loin de leurs cœurs et de leurs lèvres qu'elles étaient loin du Cœur et des lèvres de Jésus. Qu'ils soient unis, qu'ils ne soient « qu'un cœur et qu'une âme ». C'est à cela qu'on verra que le Cœur de Jésus vit également en tous. C'est à ce prix qu'ils feront du bien : « Qu'ils soient un comme nous sommes un, afin que le monde croie. »

ARTICLE XXXV. DEVOIRS SPÉCIAUX DES FRÈRES ET SŒURS ENVERS LES CHRÉTIENS DU VOISINAGE. Si les frères et sœurs ont des devoirs envers les peuples infidèles comme étant les brebis les plus perdues et les plus malades du troupeau du Christ, et parce qu'aucun bien ne peut se faire chez eux que par les peuples déjà chrétiens, ils ne doivent en être que plus zélés pour le bien spirituel des chrétiens de leur voisinage que Dieu, en les mettant près d'eux, a désignés spécialement à leur amour et à leur fraternel dévouement. Dieu, en plaçant ces chrétiens auprès d'eux sur la terre, les a unis à eux de liens particuliers, a fait d'eux comme une extension de leur famille, et il leur a donné des devoirs spéciaux envers eux. Qu'ils aiment tendrement ces chrétiens voisins, qu'ils aient un ardent désir de leur sanctification; qu'ils fassent tous leurs efforts pour procurer leur avancement spirituel. Pour faire du bien à leurs âmes, ils ont deux moyens, qui sont deux de leurs devoirs comme

Frères et Sœurs du Sacré-Cœur : le premier, c'est de consulter sur ce point leur directeur spirituel, et de faire ce qu'il leur dira; le second, c'est d'être les auxiliaires des prêtres, religieux et religieuses qui travaillent au salut des âmes dans le voisinage. Qu'ils prient pour les chrétiens voisins, pour tous et spécialement pour les pécheurs, les malades, les agonisants et ceux qui viennent de mourir. Qu'ils donnent de saints exemples. Qu'ils cherchent à porter au bien moins par la parole que par l'exemple. Qu'ils soient bons pour tous. C'est leur bonté qui, les faisant aimer, fera suivre leurs exemples. Qu'ils connaissent les chrétiens de leur voisinage; dans la mesure et de la manière que leur dira leur directeur spirituel, qu'ils se mêlent à eux avec charité, prudence, réserve, avec discrétion et délicatesse, avec humilité et douceur; qu'ils se fassent d'eux des amis, acquièrent leur estime, leur confiance, leur affection, se souvenant que, pour être aimé, le meilleur moyen c'est d'aimer soi-même. Plus ils seront les amis de tous, plus ils pourront faire de bien à tous, plus ils connaîtront les besoins de chacun, mieux ils pourront porter remède aux maux et donner secours et consolation à l'heure utile. Qu'ils s'intéressent affectueusement à tous les chrétiens voisins, heureux de leur joie et compatissant à leurs peines; qu'ils les aident matériellement et spirituellement avec un dévouement fraternel. Qu'ils s'efforcent de n'avoir avec eux ni procès[1], ni différends, ni inimitiés[2], ni querelles; qu'ils cèdent de leurs droits lorsque cela peut se faire sans léser la justice et sans détriment pour les âmes, plutôt que de soutenir des procès, et que par cette apparence de perte matérielle ils fassent un grand gain spirituel pour eux et pour les autres; « qu'ils ne résistent pas au mal », qu'ils « supportent la fraude »,

1. [Var. : qu'ils se gardent d'avoir avec eux des procès... des... des...]
2. [Var. add. : [des] rancunes.]

qu'ils « pardonnent les offenses », qu'ils les oublient, qu'ils « ne jugent pas », « ne condamnent pas », soient tolérants et indulgents pour les autres, sévères pour eux seuls, dans leurs rapports avec le prochain, et surtout quand ils croient devoir agir contre lui, qu'ils consultent leur directeur spirituel et suivent son conseil. Qu'avec tous, ils soient « doux et humbles de cœur ». Prenant en cela, comme en tout, les instructions de leur directeur spirituel, et agissant avec prudence comme avec charité, avec « la simplicité de la colombe et la prudence du serpent », qu'ils ne craignent pas de se mêler aux âmes, de voir beaucoup les chrétiens du voisinage; qu'ils soient tout à tous pour gagner tout à Jésus.

Article XXXVI. Devoirs spéciaux des frères et sœurs envers les infidèles du voisinage. Puisqu'un des buts de l'Union des Frères et Sœurs du Sacré-Cœur est la conversion des infidèles, quels efforts ne doivent pas faire pour la procurer les frères et sœurs qui habitent au milieu d'eux; ils ont pour cela deux moyens principaux qui ont été dits plus haut : le premier est de consulter sur ce point leur directeur spirituel et de faire ce qu'il leur dira; le second est d'être les auxiliaires zélés et disciplinés des prêtres, religieux et religieuses qui travaillent au salut des infidèles du voisinage. Ils doivent aussi demander à ce sujet les conseils du directeur de l'Union locale, recevoir ses impulsions, puis en conférer avec leur directeur spirituel et faire ce que celui-ci dira.

Les devoirs des frères et sœurs qui ne sont ni prêtres, ni religieux, envers les infidèles, sont d'autant plus graves qu'ils peuvent souvent plus pour eux que les prêtres, religieux et religieuses. Plus qu'eux, ils peuvent se mêler aux infidèles et se lier avec eux d'amitié. Lorsque les infidèles ont de la répulsion pour les chrétiens quand ils ont une religion leur inspirant une foi vive, les prêtres, religieux et religieuses leur causent quelquefois de la défiance; souvent aussi les prêtres et religieux manquent de points de contact, d'occasions de se mettre en rapport avec les infidèles, de plus, la prudence et les règles de leurs instituts les empêchent de dépasser certaines limites d'intimité, de pénétrer au foyer des familles, d'entrer en relations suffisamment étroites; enfin, les mœurs et les coutumes des infidèles peuvent mettre de graves obstacles au contact entre eux et les missionnaires. Les frères et sœurs qui vivent dans le monde ont, au contraire, de grandes facilités pour entrer en rapports avec les infidèles. Leurs occupations, administration, agriculture, commerce, travaux quelconques, les mettent, s'ils le veulent, en relations de toute heure avec eux. De ces relations, de la charité, de la bonté, du cœur qu'ils y apportent, ils peuvent faire naître des amitiés leur donnant accès au foyer des familles. Leur état de laïc n'inspire point de défiance au sujet de la religion. L'état de mariage, lorsqu'ils y sont engagés, leur ouvre des portes fermées pour d'autres, et rend possibles des rapports familiers et quotidiens d'amitié d'où naît le plus grand bien et qui ne sont pas compatibles avec les règles des instituts religieux et la réserve que doivent garder les ecclésiastiques.

Le devoir des frères et sœurs qui ne sont ni prêtres, ni religieux n'est point d'instruire les infidèles de la religion chrétienne, d'achever leur conversion; mais de la préparer, en se faisant estimer d'eux, en faisant tomber leurs préjugés par la vue de leur vie, en leur faisant connaître par leurs actes plus que par leurs paroles la morale chrétienne, de les y disposer, en gagnant leur confiance, leur affection, leur familière amitié, de manière que les missionnaires trouvent un terrain préparé, des âmes bien disposées, allant d'elles-mêmes à eux ou auxquelles ils puissent aller sans obstacle.

Que les frères et sœurs prient pour les infidèles de leur localité, spécialement pour les plus hostiles, les malades, les agonisants. Qu'ils leur donnent de saints exemples. Qu'ils soient bons pour tous. C'est leur bonté qui, en les faisant aimer, fera suivre leurs exemples. Qu'ils connaissent les infidèles de la localité et du voisinage, dans la mesure et de la manière que leur indiquera leur directeur, qu'ils se mêlent à eux; qu'ils acquièrent leur estime, leur confiance, leur affection, qu'ils se fassent d'eux des amis, se souvenant que, pour être aimé, le meilleur moyen c'est d'aimer soi-même. Qu'ils s'intéressent affectueusement à tous les infidèles voisins, se montrant heureux de leurs joies et compatissant à leurs peines. Qu'ils les aident spirituellement et matériellement. Qu'ils s'efforcent de n'avoir avec eux ni procès, ni différends, ni inimitié, ni querelles; qu'ils cèdent de leurs droits comme cela peut se faire sans léser la justice et sans détriment pour les âmes plutôt que de soutenir des procès et que, par cette apparence de perte matérielle, ils fassent un grand gain spirituel pour eux et pour les autres; qu'ils ne « résistent pas au mal », « supportant la fraude », qu'ils « pardonnent les offenses », qu'ils les oublient, qu'ils soient miséricordieux dans leurs rapports avec le prochain, et surtout quand ils croient devoir agir contre lui, qu'ils consultent leur directeur spirituel et suivent ses conseils, qu'ils soient « doux et humbles de cœur ». Qu'ils ne craignent pas de consacrer beaucoup de temps aux relations d'amitié avec les infidèles; ce temps, ainsi employé par amour pour Jésus, par obéissance à Jésus le prescrivant par la voix du directeur, en imitation de Jésus venu ici-bas pour « sauver ce qui périssait », ne saurait avoir un plus saint usage.

Article XXXVII. Devoirs spéciaux des frères et sœurs envers les infidèles des lieux éloignés. C'est aux fidèles des nations catholiques qu'incombe entièrement le devoir de l'évangélisation des infidèles. Eux seuls peuvent la faire. Il faut qu'ils embrassent ce devoir dans la mesure de leur amour pour Dieu et de leur obéissance à son commandement d'aimer le prochain comme soi-même. Le retard, la tiédeur dans l'accomplissement d'un devoir si important, puisqu'il s'agit du salut éternel de tant d'âmes, et si pressant, puisque chaque jour la mort en emporte un grand nombre devant le tribunal suprême, est une responsabilité dont chacun a sa part. Le temps nous est donné pour nous sanctifier et sanctifier les autres et non pour ce qui est inutile ou mauvais; grave est l'avertissement de Jésus « il sera demandé compte au dernier jour de toute parole oiseuse ». Si Dieu permet que certains conservent des richesses, au lieu de se rendre pauvres matériellement comme le fut Jésus, c'est pour qu'ils se servent de ce dépôt qu'il leur confie, en serviteurs fidèles, selon la volonté du Maître, pour s'instruire davantage, mieux instruire leurs enfants, faire aux autres du bien spirituel et temporel, donner des ressources matérielles là où elles sont nécessaires pour l'accomplissement du bien spirituel. Ils auront à rendre compte du bien qu'ils auraient dû faire et qu'ils n'ont pas fait. Combien, dans le saint Évangile, Jésus nous a dit et redit : « Aimez-vous les uns les autres... faites aux autres ce que vous voudriez qu'on vous fît... aimez votre prochain comme vous-mêmes. » Si, après ces paroles si souvent lues, si souvent entendues et méditées, les fidèles, et surtout les prêtres, les religieux, les religieuses, tout aux âmes qui sont près d'eux, négligent et délaissent ces âmes éloignées dont les besoins sont si grands et le péril si extrême, quels reproches n'ont-ils pas à craindre, pour une omission si grave, de la part de Celui qui a dit : « Chaque fois que vous ne l'avez pas fait à un de ces petits, c'est à moi que vous ne l'avez pas fait. »

Que les frères et sœurs contribuent de toutes leurs forces à l'évangélisation des infidèles. Par quels moyens ? Pour le savoir, qu'ils prient, qu'ils réfléchissent, qu'ils consultent le directeur de leur Union locale, enfin qu'ils prennent l'avis de leur directeur spirituel et fassent ce qu'il leur dira.

ARTICLE XXXVIII[1]. DEVOIRS SPÉCIAUX DES FRÈRES ET SŒURS ENVERS LES INFIDÈLES DES COLONIES DE LEUR PATRIE. Parmi les infidèles, les frères et sœurs ont des devoirs spéciaux, d'une part, envers ceux des colonies de leur patrie, de l'autre, envers les plus délaissés. La patrie est l'extension de la famille. Dieu, en mettant les personnes de notre famille plus près de nous que les autres dans la vie, nous a donné des devoirs particuliers envers elles; d'une manière plus large, il en est de même des compatriotes, et, par conséquent, des colonies de la patrie qui font partie de la grande famille nationale. Ce motif est le premier de ceux pour lesquels nous devons travailler à la conversion des infidèles des colonies de notre patrie. Un autre s'y ajoute, c'est que, si nous les négligeons, il est à craindre qu'ils ne soient totalement délaissés; car, puisqu'ils appartiennent à notre patrie, les chrétiens des autres pays ne s'en occuperont pas, nous en laissant la charge. A ces deux motifs s'en joint un troisième : c'est que l'évangélisation des infidèles des colonies de notre patrie est plus facile pour nous que pour d'autres; la langue, les relations nous donnent des facilités que d'autres n'ont pas : parfois elle n'est possible que pour nous, les étrangers excitant les défiances des gouvernements qui leur interdisent l'accès des pays. Même là où la religion catholique est persécutée par le pouvoir laïc, les nationaux peuvent plus facilement la répandre que les étrangers; il leur est plus facile de dissimuler leur but et de se perdre dans la foule sous l'apparence de commerçants, d'agriculteurs, etc.; ils n'excitent la défiance et l'antipathie que pour

1. Publ. ap. *Bull. Ass. Foucauld,* 1927, pp. 22-24.

la seule cause de religion, tandis que les chrétiens étrangers l'excitent pour les deux causes de religion et de nationalité. La conversion des infidèles est souvent très difficile. Elle l'est surtout lorsque le gouvernement local y met des obstacles et est contraire à la religion catholique. Cela ne doit en rien décourager les frères et sœurs. Au contraire, cela doit les faire travailler avec plus d'ardeur, les obstacles montrant que le succès demande plus d'efforts. Qu'ils aient devant l'esprit la parole de saint Jean de la Croix : « Il ne faut pas mesurer nos travaux sur notre faiblesse, mais nos efforts sur nos travaux. » Quels que soient les infidèles des colonies de leur patrie, ils ne sont pas plus difficiles à convertir que les Romains et les barbares des premiers siècles du christianisme; si opposé à l'Église que puisse être le gouvernement de leur pays, il ne l'est pas plus que Néron et ses successeurs. Que les frères et sœurs aient la même charité et le même zèle des âmes, les mêmes vertus que les chrétiens des premiers siècles, ils accompliront les mêmes œuvres. Ils feront comme eux, cachés, dissimulés, à la dérobée, le bien qu'il ne peuvent faire ouvertement[1]. L'amour leur fera trouver les moyens, et Jésus rendra efficaces des efforts qu'il inspira. Redisons : « Il ne faut pas mesurer nos travaux sur notre faiblesse, mais nos efforts sur nos travaux »; si les difficultés sont grandes, hâtons-nous d'autant plus de nous mettre à l'œuvre, et multiplions d'autant plus nos efforts. Songeons à ces nombreuses âmes qui se perdent chaque jour, par notre faute en partie, si nous ne travaillons pas ou travaillons mollement à leur conversion. Ne croyons pas qu'un si grand bien puisse se faire sans grand travail. C'est par la croix que Jésus a sauvé le monde, et ce n'est que par le sacrifice que l'on arrive à faire du bien aux âmes. Les premiers chrétiens ont versé leur sang pour

1. [Cf. *texte de 1901*, chap. XXXVIII : pour ces trois phrases.]

répandre la foi; comme eux, nous ne la répandrons qu'au prix de grands sacrifices. Une des choses les plus utiles pour la conversion des infidèles des colonies, c'est l'établissement en ces colonies de nombreuses familles vraiment chrétiennes ayant la volonté de faire, tout en vaquant aux travaux quotidiens, l'office de missionnaires laïcs, comme Priscille et Aquila en fabriquant des tentes travaillaient avec saint Paul à la conversion des païens. Quelle bénédiction pour les colonies ayant des infidèles que les Priscille et les Aquila qui viendront s'y établir! Tant de familles s'y fixent pour y trouver un accroissement de bien matériel. N'y en aura-t-il pas qui s'y fixeront pour le bien spirituel des âmes, pour la conversion de leurs frères, avec la certitude de trouver leur propre sanctification dans une œuvre si sainte et de partager la couronne de Priscille et d'Aquila ? Que les frères et sœurs prient, réfléchissent, consultent leur directeur spirituel pour savoir si Dieu ne demande pas d'eux ce sacrifice; s'il le demande, qu'ils le fassent de tout leur cœur, avec un saint enthousiasme, et s'efforcent d'accomplir, au milieu des infidèles, tout le bien possible pour l'amour de Jésus; si Dieu ne le demande pas, qu'éclairés par le directeur de l'Union locale et obéissant à leur directeur spirituel, ils fassent leur possible pour diriger vers les colonies de leur patrie d'abord des missionnaires, des religieux, des religieuses, puis, en aussi grand nombre que possible, des familles de chrétiens fervents et zélés, destinés à être autant de missionnaires à la façon de sainte Priscille, à mettre sous les yeux des infidèles par leur vie le tableau du christianisme que les prêtres leur enseignent de bouche, à prendre étroitement contact avec les infidèles, à les rapprocher des chrétiens par leurs exemples, leur patience, leur bonté et leur amitié, enfin à former en pays infidèle des noyaux chrétiens assez compacts pour que les premiers infidèles convertis s'y trouvent, dès le jour de leur conversion, en société nombreuse, aimés, entourés, soutenus, protégés, au lieu de demeurer isolés et malheureux, seuls chrétiens au milieu des non-chrétiens, en butte à leurs mépris, à leurs vexations, à leurs persécutions. Que, sans s'effrayer des difficultés, la difficulté ne devant qu'accroître les efforts, les frères et sœurs se mettent en face de cette vérité que les infidèles des colonies de leur patrie sont confiés par Dieu à eux et à leurs compatriotes, que leur évangélisation est pour eux et leurs compatriotes un devoir strict, analogue à celui qu'ont les parents de procurer l'éducation chrétienne à leurs enfants; que si les chrétiens de leur patrie ne les évangélisent pas, nul ne les évangélisera; que sur eux pèsera la responsabilité de tant d'âmes perdues. Qu'en présence de ce devoir et de cette responsabilité, ils se mettent à l'œuvre de tout leur cœur, forts de la grâce de Dieu et des bénédictions de la sainte Église; guidés par le directeur spirituel, et se disant : « Il ne faut pas mesurer nos travaux sur notre faiblesse mais nos efforts sur nos travaux. »

Les efforts des frères et sœurs pour la conversion des infidèles seront dirigés par le directeur général et les directeurs diocésains et locaux en premier lieu vers la conversion des infidèles des colonies de leur patrie, en second lieu vers les infidèles les plus délaissés spirituellement.

Article XXXIX. Devoirs spéciaux des frères et sœurs envers les peuples infidèles délaissés spirituellement. Ce n'est pas seulement les infidèles des colonies de leur patrie, que les peuples chrétiens ont le devoir strict d'évangéliser. Les infidèles des colonies de leur patrie sont leurs enfants, s'ils les négligeaient ils seraient des parents laissant leurs enfants sans instruction chrétienne, ils seraient comme ceux qui négligent leur propre famille, « pire que des païens », dit saint Paul. Outre leurs devoirs envers eux, ils en ont de stricts aussi envers les infidèles qui, pour quelque cause que ce soit, sont particulièrement délaissés spirituellement. Il est des peuples infidèles indépendants; d'autres, bien qu'appartenant à des États chrétiens, restent sans évangélisateurs catholiques, par suite d'hérésie, d'indifférence, ou d'autre cause. Ces peuples sont comme sans parents, sans famille; ils sont spirituellement des orphelins, des enfants abandonnés. C'est un devoir pour eux de recueillir et d'élever les orphelins et les enfants trouvés. Les devoirs spéciaux qu'ont les peuples chrétiens envers les infidèles de leurs propres colonies, comme étant de leur famille, ils les ont aussi envers les infidèles spirituellement délaissés, à quelque maître qu'ils appartiennent, parce qu'ils sont sans famille.

C'est au directeur général à examiner quels sont les peuples infidèles très délaissés qui demandent les secours spirituels des frères et sœurs de tous pays. Il l'étudiera, il donnera ses ordres aux directeurs diocésains qui, par l'intermédiaire des directeurs locaux, guideront les frères et sœurs dans l'accomplissement de ce devoir. Les frères et sœurs dont l'ouverture envers les directeurs locaux doit être grande, leur communiquant leurs pensées sur ce sujet, les directeurs locaux s'en ouvriront aux directeurs diocésains; ceux-ci en conféreront avec le directeur général, de manière que ce dernier reçoive de tous côtés la lumière, et puisse, par la grâce de Dieu, avec ses propres efforts et les communs efforts de tous, diriger fructueusement l'action des frères et sœurs pour la conversion des infidèles.

Article XL. Fin de l'exil. « Voici l'Époux qui vient, sortez au-devant de Lui! » C'est sous cette forme qu'apparaîtra la mort aux frères et sœurs qui auront fidèlement rempli les devoirs de l'Union. Depuis leur entrée dans l'Union, ils auront consacré leur vie au développement du règne de l'Époux; ils se seront efforcés d'imiter sa vie, de l'adorer dans la sainte Eucharistie, de convertir ces âmes qu'Il a rachetées « à grand prix »; ils se seront dévoués au salut des infidèles, brebis les plus perdues du divin Pasteur; ils se seront tenus étroitement unis à la sainte Église, ardemment dévoués à son chef terrestre, docilement obéissants au prêtre leur directeur spirituel, auxiliaires zélés du clergé et des religieux. Leur lampe sera allumée, l'huile de la charité y brûlera et jettera sa lumière. La mort sera pour eux l'entrée dans la maison de l'Époux, de l'Époux qui les a prévenus d'amour, qui « les a aimés de charité éternelle dans Sa piété », qui « les a choisis pour Lui être intimement unis »; c'est Lui qui les a choisis, non eux qui L'ont choisi », qui s'est donné, livré à eux par tant de communions sacramentelles et spirituelles, qui a si souvent parlé à leur cœur par sa grâce, et à leurs oreilles par ses représentants et ses saints livres. « Voici l'Époux qui vient, sortez au-devant de Lui! » Voici l'heure de paraître devant cet Époux qui nous a tant aimés, qui nous a tant prouvé son amour, qui est mort pour nous, qui nous aime tant en ce moment même, et qui veut à cette heure, si nous n'y mettons obstacle, achever ce qui manque à sa complète union avec nous, et la rendre immuable et parfaite pour l'éternité.

En tout instant de notre vie [1], ayons dans l'âme le double sentiment de saint Paul : un désir doux et tendre à la fois de voir notre corps se dissoudre pour « être avec le Christ »,

1. [Ici reprend le *texte de 1901*, chap. XL, à quelques suppressions près, jusqu'à la fin. Quant au début du chap. XL, dans le *texte de 1901*, il est différent, et après son *préambule*, — composé de citations évangéliques comme tous les précédents, — il porte ceci : « Que les petits frères pensent chaque jour qu'un des bienfaits dont leur Époux Jésus les a comblés est la possibilité, l'espoir fondé de terminer leur vie par le martyre,... de donner à leur Bien-Aimé cette « marque du plus grand amour »,... et quand le moment viendra, que, *sans l'ombre de défense,...* ils laissent couler leur sang et exhalent leurs âmes, en Jésus... »]

ce qui est notre bien, et un désir plus ardent encore de Le glorifier le plus que nous pouvons, ce qui est Son bien, acceptant la vie de grand cœur aussi longtemps qu'il lui plaira. Si [1] la maladie, le danger, la vision de la mort, frappent à la porte, que le désir de notre dissolution pour voir Jésus se ravive. La maladie, le danger, la vision de la mort [2], c'est l'appel « voici l'Époux qui vient [sortez au-devant de Lui [3]!] » C'est l'espoir d'être bientôt unis pour toujours, sans plus jamais pouvoir ni L'offenser, ni Lui déplaire, ni cesser de L'aimer et de L'adorer, ni être privés de Sa vue et de Son amour, dans une connaissance et un amour que l'œil n'a pas vus, ni l'oreille entendus, ni l'intelligence compris, à Celui que nous aimons uniquement, qui est toute notre vie, tout notre désir, tout notre bien, tout notre amour [4], à notre bien-aimé Seigneur Jésus... Que son Nom soit sanctifié, que son Règne arrive. Que sa Volonté se fasse [sur la terre comme elle est faite dans le ciel] [5]. A Lui louange, honneur, gloire et bénédiction avec le Père et le Saint-Esprit dans les siècles des siècles. Amen.

1. [Add. *texte 1901* : « la persécution, l'espoir d'un prochain martyre... »]

2. [Add. *texte 1901* : « C'est pour nous ce son d'horloge qui, à chaque tintement d'heure, faisait tressaillir de joie sainte Thérèse : « Encore une heure de moins à être séparée de Jésus. »]

3. [Mq. *texte 1901*.]

4. [Add. *texte 1901* : « Qui possède tout notre cœur et tout notre être, pour qui seul nous voulons exister en cette vie et dans l'autre. »]

5. [Voir *texte 1901* : « Que tout cœur L'aime et que tout esprit Le loue, sur la terre comme dans les cieux! »]

PRIÈRES DIVERSES[1]

ANGELUS

(en dehors du temps pascal)
(Ind. de 100 jours chaque fois. — Plénière une fois par mois pour la récitation quotidienne.)

Angelus Domini nuntiavit Mariae	L'Ange du Seigneur annonça à Marie
Et concepit de Spiritu Sancto.	Et elle conçut du Saint-Esprit.
Ave Maria...	Je vous salue, Marie...
Ecce ancilla Domini,	Voici la servante du Seigneur,
Fiat mihi secundum verbum Tuum.	Qu'il me soit fait selon votre parole.
Ave Maria...	Je vous salue, Marie...
Et Verbum caro factum est,	Et le Verbe s'est fait chair,
Et habitavit in nobis.	Et il a habité parmi nous
Ave Maria...	Je vous salue, Marie...
Ora pro nobis, Sancta Dei Genitrix,	Priez pour nous, Sainte Mère de Dieu,
Ut digni efficiamur promissionibus Christi.	Afin que nous devenions dignes des promesses du Christ.

1. [Publiées au Caire en 1918 en latin, français et arabe (16 + 14 pp.), sous le titre « *Salawat ikhwat wa akhawât Qalb Yasou' al aqdas.* »]

Prions. — Seigneur, nous vous supplions de répandre votre grâce dans nos âmes afin qu'ayant connu, par la voix de l'Ange, l'Incarnation de Jésus-Christ, votre Fils, nous arrivions, par sa Passion et sa Croix, à la gloire de la Résurrection, par le même Jésus-Christ Notre-Seigneur.

Ainsi soit-il.

Oremus. — Gratiam Tuam, quaesumus Domine, mentibus nostris infunde, ut qui, Angelo nuntiante, Christi Filii Tui incarnationem cognovimus, per Passionem ejus et Crucem ad resurrectionis gloriam perducamur. Per eumdem Christum Dominum nostrum.

Amen.

REGINA CŒLI

(*pendant le temps pascal, mêmes indulgences que l'*Angelus)

Reine du Ciel, réjouissez-vous, alleluia.
Car Celui qu'il vous a été donné de porter, alleluia.
Est ressuscité comme Il l'a dit, alleluia.
Priez Dieu pour nous, alleluia.
Soyez heureuse et réjouissez-vous, Vierge Marie, alleluia.
Car le Seigneur est vraiment ressuscité, alleluia.

Regina Coeli laetare, alleluia.
Quia quem meruisti portare, alleluia.
Resurrexit sicut dixit, alleluia.
Ora pro nobis Deum, alleluia.
Gaude et laetare, Virgo Maria, alleluia.
Quia surrexit Dominus vere, alleluia.

Prions. — Dieu, qui avez daigné donner la joie au monde par la résurrection de votre Fils, Notre-Seigneur-Jésus-Christ, faites, nous vous en supplions, que par sa Mère la Vierge Marie, nous ayons part aux joies de la vie éternelle. Par le même Jésus-Christ Notre-Seigneur. Ainsi soit-il.

Oremus. — Deus, qui per resurrectionem Filii Tui Domini Nostri Jesu Christi mundum laetificare dignatus es, praesta, quaesumus, ut per Ejus Genitricem Virginem Mariam perpetuae capiamus gaudia vitae. Per eumdem Christum Dominum nostrum. Amen.

VENI CREATOR

Veni Creator Spiritus,	Venez, divin Créateur, Esprit-Saint,
Mentes tuorum visita,	Visitez les âmes de ceux qui sont à vous,
Imple superna gratia,	Et remplissez de votre grâce céleste
Quae tu creasti pectora.	Les cœurs que vous avez créés.
Qui diceris Paraclitus,	C'est Vous qui dans les Écritures Êtes appelé le Consolateur,
Altissimi donum Dei,	[Le don du Dieu Très Haut]
Fons vivus, ignis, caritas,	La source d'eau vive, le feu sacré, la charité
Et spiritalis unctio.	Et l'onction spirituelle
Tu septiformis munere,	C'est Vous qui nous sanctifiez par vos sept dons,
Digitus paternae dexterae,	Vous êtes le doigt de la main de Dieu
Tu rite promissum Patris,	Le Père Éternel [qui] vous avait promis à l'Église,
Sermone ditans guttura.	En descendant sur les Apôtres, vous avez rendu leurs voix éloquentes.
Accende lumen sensibus,	Éclairez nos esprits de vos lumières,
Infunde amorem cordibus,	Embrasez nos cœurs de votre amour,
Infirma nostri corporis,	Fortifiez notre chair faible,
Virtute firmans perpeti.	Par une Vertu que rien ne puisse jamais ébranler.
Hostem repellas longius,	Repoussez loin de nous notre ennemi,
Pacemque dones protinus,	Faites-nous goûter votre paix,
Ductore sic te praevio,	Soyez vous-même notre guide,

Afin que nous évitions tout ce qui peut nous nuire.	Vitemus omne noxium.
Que par Vous nous connaissions le Père,	Per te sciamus da Patrem,
Que nous connaissions aussi le Fils,	Noscamus atque Filium,
Et que Vous, l'Esprit de l'un et de l'autre,	Teque utriusque Spiritum,
Nous croyions en Vous en tout temps.	Credamus omni tempore.
Gloire soit à Dieu le Père	Deo Patri sit gloria,
Et au Fils qui, d'entre les morts	Et Filio qui a mortuis
Est ressuscité, et à l'Esprit-Saint,	Surrexit, ac Paraclito,
Dans les siècles des siècles.	In saeculorum saecula [1].
Envoyez Votre Esprit, et tout sera créé,	Emitte Spiritum Tuum, Et creabuntur,
Et vous renouvellerez la face de la terre.	Et renovabis faciem terrae.
Prions. — Dieu qui avez instruit les cœurs de vos fidèles par la lumière du Saint-Esprit, donnez-nous cet Esprit qui nous fasse goûter et aimer le bien et qui répande toujours en nous sa joie et sa consolation. Nous vous le demandons, par Jésus-Christ Notre-Seigneur. Ainsi soit-il.	*Oremus.* — Deus qui corda fidelium Sancti Spiritus illustratione docuisti, da nobis in eodem Spiritu recta sapere, et de Ejus semper consolatione gaudere. Per Christum Dominum Nostrum. Amen.

1. [En dehors du temps pascal, les vers 2-3 de cette strophe deviennent « *Ejusque soli Filio / Cum Spiritu Paraclito / ...* ».]

INVOCATION AU SACRÉ-CŒUR DE JÉSUS

(*300 j. d'ind.*)

Cor Jesus Sacratissimum, adveniat regnum Tuum.

Cœur Sacré de Jésus, que Votre règne arrive[1].

CONSÉCRATION AU SACRÉ-CŒUR DE JÉSUS

(*proposée par S. S. le Pape* LÉON XIII).

Jesu dulcissime, Redemptor humani generis, respice nos ad altare Tuum humillime provolutos. Tui sumus, Tui esse volumus; quo autem Tibi coniuncti firmius esse possimus, en hodie Sacratissimo Cordi Tuo se quisque nostrum sponte dedicat. — Te quidem multi novere nunquam : Te, spretis mandatis Tuis, multi repudiarunt. Miserere utrorumque, benignissime Jesu, atque ad Sanctum Cor Tuum rape universos. Rex esto, Domine, nec fidelium tantum qui nullo tempore discessere a Te, sed etiam prodigorum filiorum qui Te reliquerunt; fac hoc, ut domum paternam cito repetant ne miseria et fame pereant. Rex esto eorum, quos

Très doux Jésus, Rédempteur du genre humain, jetez un regard sur nous qui sommes humblement prosternés devant votre autel. Nous sommes à Vous, nous voulons être à Vous, et afin de pouvoir vous être plus fermement unis voici que, en ce jour, chacun de nous se consacre spontanément à Votre Sacré-Cœur. Beaucoup ne Vous ont jamais connu, beaucoup ont méprisé Vos commandements et Vous ont renié. Miséricordieux Jésus, ayez pitié des uns et des autres, et ramenez-les tous à Votre Sacré-Cœur.

Seigneur, soyez le Roi, non seulement des fidèles qui ne se sont jamais éloignés de

1. [Ici, le directoire de 1909 donnait le texte français (sans texte latin) de la *Prière à la Sainte Famille* et de l'*Invocation à la Sainte Famille;* puis les *Litanies du Sacré-Cœur* (en français et en latin) (cf. art XI).]

Vous, mais aussi des enfants prodigues qui Vous ont abandonné; faites qu'ils rentrent bientôt dans la maison paternelle pour qu'ils ne périssent pas de misère et de faim.

Soyez le Roi de ceux que des opinions erronées ont trompés et de ceux que la discorde a désunis; ramenez-les au port de la vérité et à l'unité de la foi, afin que bientôt il n'y ait plus qu'un troupeau et qu'un pasteur.

Soyez enfin le Roi de tous ceux qui sont encore attachés aux antiques superstitions païennes[1], et ne refusez pas de les arracher aux ténèbres, pour les conduire à la Lumière et au Royaume de Dieu[2].

Accordez, Seigneur, à Votre Église, une liberté sûre et sans entraves; accordez à tous les peuples l'ordre et la paix; faites que, d'un pôle du monde à l'autre une seule voix retentisse :

Loué soit le Divin Cœur qui nous a acquis le salut; à Lui gloire et honneur dans tous les siècles. Ainsi soit-il[3].

aut opinionum error deceptos habet aut discordia separatos, eosque ad portum veritatis atque ad unitatem fidei revoca ut brevi fiat unum ovile et unus pastor. Rex esto denique eorum omnium, qui in vetere gentium superstitione versantur, eosque a tenebris vindicare ne renuas in Dei lumen et regnum. Largire, Domine, Ecclesiae Tuae securam cum incolumitate libertatem, largire cunctis gentibus tranquillitatem ordinis, perfice ut ab utroque terrae vertice una resonet vox :

Sit laus divino Cordi per quod nobis parta salus : Ipsi gloria et honor in saecula.

Amen.

1. [Ici, S. S. Pie XI a prescrit d'ajouter : et « à l'Islamisme ».]
2. [Addition prescrite par S. S. Pie XI : « Regardez enfin avec miséricorde les enfants de ce peuple qui fut, jadis, votre préféré : que sur eux aussi descende, mais aujourd'hui en baptême de vie et de rédemption, le sang qu'autrefois ils appelaient sur leurs têtes » (1925).] Supprimée en 1958.
3. [Ici, le directoire de 1909 donnait, en latin et en français, le *Tantum ergo* (cf. art. XI).]

VENI SANCTE SPIRITUS

(Ind. de 300 j. chaque fois.)

Veni Sancte Spiritus, reple Tuorum corda fidelium; et Tui amoris in eis ignem accende.

Venez, Esprit-Saint, remplissez les cœurs de Vos fidèles; et allumez-y le feu de Votre amour.

APPENDICE[1]
AUX PRIÈRES DIVERSES

PRIÈRE A LA SAINTE FAMILLE

(*Ind. quotid. de 300 j., chaque fois, après la consécration selon la formule donnée par la S. C. des Rites.*)

O Jésus très aimant, qui avez sanctifié par vos ineffables vertus et les exemples de votre vie domestique la Famille que vous aviez choisie sur la terre, regardez avec bonté notre famille, qui se prosterne à vos pieds pour vous implorer. Souvenez-vous que cette famille vous appartient, puisqu'elle s'est vouée et consacrée à vous par un culte particulier. Dans votre miséricorde, daignez la protéger, la soustraire aux périls, l'assister dans ses besoins et lui donner la grâce de persévérer toujours dans l'imitation de votre Sainte Famille, afin que, vous ayant fidèlement aimé et servi pendant sa vie mortelle, elle puisse vous glorifier éternellement dans les cieux.

Marie, très douce Mère, nous implorons votre protection, assurés que votre divin Fils exaucera vos prières.

Et vous aussi, très glorieux patriarche saint Joseph, assistez-nous de votre puissant patronage et offrez, par les mains de Marie, nos vœux à Jésus-Christ!

INVOCATION A LA SAINTE FAMILLE

(*Ind, quotid. de 200 j. chaque fois.*)

Jésus, Marie, Joseph, éclairez-nous, secourez-nous, sauvez-nous. Ainsi soit-il!

1. Voir *supra*, p. 115, n. 1.

ANNEXES

ANNEXE I

LISTE DES RETOUCHES
APPORTÉES AU TEXTE, DE 1909 A 1913[1].

Texte primitif (1909)	*Texte corrigé (1913)*
1° *Passim* :	
Association des Frères.	Union des Frères.
Conversion des infidèles.	*Id.* + des colonies de la Mère-Patrie.
Obéissance au directeur spirituel.	Docilité au directeur spirituel.
2° *Articles spéciaux* :	
ART. VIII. Obéissance aux statuts et déférence aux supérieurs de l'Association.	ART. VIII. Nature des obligations contractées en entrant dans l'Union.
ART. IX. 2° Le matin, la prière à la Sainte Famille. 3° Le soir, les litanies du Sacré-Cœur de Jésus... suivies... et des deux strophes *Tantum ergo* et *Genitori Genitoque*.	Oraisons supprimées.
ART. XXIX. Un supérieur général (à Rome) avec quatre assistants; supérieurs provinciaux, avec	Organisation par nations, unions diocésaines établies avec l'assentiment et le

1. Cf. Note à la lettre-préface de S. G. Mgr Bonnet, *suprà*.

quatre assistants; supérieurs locaux, chacun avec un assistant.

ART. XXX. Supérieur général.

ART. XXXI. Supérieur provincial.

ART. XXXII. Supérieur local.

consentement de l'évêque du lieu. Un directeur général, avec deux assistants, résidant dans sa patrie; directeurs diocésains, chacun avec un assistant; directeurs locaux.

ART. XXX. Directeur général.

ART. XXXI. Directeur diocésain.

ART. XXXII. Directeur local.

ANNEXE II

STATUTS

(Juillet 1916.)
Approuvés par S. G. Mgr Bonnet[1]

Union des Frères et Sœurs du Sacré-Cœur de Jésus. Confrérie pour la conversion des colonies françaises et des pays de protectorat français.

I. ORIGINE. Dieu a accru l'empire colonial de la France au XXe siècle à tel point que les colonies françaises et les pays de protectorat français qui comptaient 4.000.000 d'infidèles en 1880 en comptent 50.000.000 en 1915. La mère-patrie a le devoir de faire les plus grands efforts pour le salut éternel de ces enfants que Dieu lui donne. Cette confrérie a pour origine le besoin des catholiques de France de s'unir pour accomplir ce devoir.

II. BUT. Le but de la confrérie est la conversion des infidèles des colonies françaises et des pays de protectorat français.

1. [Ce manuscrit, dont on connaissait l'existence par la correspondance du Père, fut retrouvé en 1918, et communiqué le 2 octobre 1918, à M. l'abbé Laurain, par le R. P. Voillard. Et c'est son texte qui fut repris, à quelques détails près, pour les statuts de l'*Association Foucauld,* lors de sa réorganisation à Paris approuvée par le cardinal Amette le 10 septembre 1919 (il y a eu deux remaniements ultérieurs, en 1922, et en 1923-1924 : contenus en des brochures de huit pages.)]

III. MOYENS. 1° Se convertir soi-même et mener une vie conforme aux enseignements de Notre-Seigneur Jésus-Christ : « Comme le sarment ne peut porter des fruits que s'il demeure uni à la vigne, ainsi vous ne pouvez en porter que si vous demeurez en moi. Je suis la vigne, vous êtes les sarments. Celui qui demeure en moi et en qui je demeure porte beaucoup de fruits; sans moi vous ne pouvez rien faire. » 2° Convertir ceux qui nous entourent, parents, amis, voisins, connaissances, chrétiens ou non-chrétiens, surtout par l'exemple, l'amour fraternel et la bonté. 3° Aidez ceux qui travaillent à la conversion des infidèles dans les colonies françaises et les pays de protectorat français, ecclésiastiques, religieux et laïques, par tous les moyens en notre pouvoir, prière, immolation, secours pécuniaires, efforts pour accroître leur nombre et faciliter leur tâche. Propager en France la connaissance et l'amour de nos colonies; porter les Français à remplir leurs devoirs envers leurs sujets et protégés infidèles, et à se les unir par un contact étroit, le bon exemple, la justice, la bonté, l'amour fraternel, la bienfaisance, la bonne éducation de leurs enfants, le développement chez eux de la civilisation et des progrès moraux et matériels.

IV. PRATIQUES. 1° Dévotion à la Sainte Eucharistie : Messe, communion, adoration du Saint-Sacrement aussi souvent que le directeur spirituel le conseille. 2° Dévouement filial à Notre Saint-Père le Pape : Application pour lui de communions et de prières, offrande annuelle au denier de Saint-Pierre. 3° Docilité au directeur spirituel : Choisir un directeur pieux, sage, instruit, expérimenté, s'ouvrir pleinement à lui et suivre ses avis. 4° Imitation de Notre-Seigneur Jésus-Christ : Lecture et méditation quotidienne du saint Évangile : en toute chose, nous demander ce que ferait Jésus à notre place, et le faire; nous mettre en face des enseignements de Jésus et de notre propre vie, voir s'il y a la conformité voulue, et faire les réformes nécessaires en consultant le directeur. 5° Lectures pieuses : leur consacrer quotidiennement le temps conseillé par les directeurs. 6° Retraite annuelle : employer annuellement un ou quelques jours selon l'avis du directeur à une petite retraite, revue des devoirs, prise de résolutions. 7° Prières spéciales : *a*) le matin, à midi et le soir, l'*Angelus* tel que le récite l'Église, suivi du *Veni Creator* et *Cor Iesu Sacratissimum* trois fois; *b*) le matin « consécration du genre humain au Sacré-Cœur », du 25 mai 1899. Dans le *Veni Creator* on prie pour tous les humains, demandant à l'Esprit-Saint d'établir son règne en eux. 8° Amour fraternel de tous les hommes : voir Jésus en tout humain; en toute âme, voir une âme à sauver; en tout homme, voir un enfant du Père Céleste; être charitable, paisible, humble, courageux avec tous; prier pour tous les humains, offrir ses souffrances pour tous, donner le bon exemple, être un modèle de vie évangélique, montrer par sa vie ce qu'est l'Évangile, être bon, faire voir en soi la bonté de Jésus; établir d'affectueuses relations avec ceux qui nous entourent; avec le soin constant de faire du bien aux âmes; aller à ceux qu'on veut convertir, se mêler à eux, lier amitié avec eux; se faire tout à tous pour gagner tout à Jésus. 9° Amour fraternel des infidèles des colonies françaises et des pays de protectorat français; prier et offrir ses souffrances pour leur conversion; connaître l'état de nos colonies et de nos pays de protectorat, leurs besoins, leurs ressources spirituelles, les travaux apostoliques qui s'y font; entretenir des relations avec des prêtres, des religieux, de pieux laïques qui y évangélisent les infidèles; y aider les ouvriers apostoliques en faisant connaître leurs travaux et leurs besoins, en leur procurant des secours pécuniaires, en obtenant la bonne administration civile de nos colonies et de nos contrées de protectorat, en dirigeant vers elles un nombre suffisant de prêtres, religieux, religieuses et de chrétiens fervents destinés à être des missionnaires laïques comme Priscille et Aquila, en portant et en aidant beaucoup de bons catholiques à s'y installer comme colons, en allant soi-même s'y établir si Dieu le veut; propager en France la connaissance de nos colonies, et de nos pays de protectorat, leur amour, le zèle pour leur progrès, la conscience de nos devoirs envers eux, et le dévouement au salut éternel de leurs habitants. Rien n'oblige sous peine de péché.

V. Conditions d'admission. Les fidèles des deux sexes et de tout âge peuvent entrer dans la confrérie aux conditions suivantes : 1° Faire inscrire ses nom et prénoms; 2° verser un franc une fois pour toutes. Pour les communautés l'inscription collective sans aucun versement suffit pour l'enrôlement de tous les membres présents et futurs.

VI. Organisation. Les travaux des Frères et Sœurs pour la conversion des colonies françaises sont dirigés et centralisés par un Comité central, une Commission permanente et des délégués régionaux. 1° Le Comité central est sous la présidence d'honneur de S. G. l'Archevêque de Paris. Il a pour membres : *a*) Un délégué de Monseigneur de Paris, des délégués de LL. GG. les évêques d'Algérie et Tunisie, les supérieurs généraux des Congrégations de prêtres qui évangélisent les colonies françaises (ou leurs délégués), le recteur de l'Institut Catholique de Paris (ou son délégué), le Supérieur des chapelains de la Basilique de Montmartre (ou son délégué), les présidents des Conseils centraux de l'Œuvre de la Propagation de la Foi de Paris et de Lyon (ou leurs délégués); *b*) Les membres de la Commission permanente, les délégués régionaux et un certain nombre d'autres frères, ecclésiastiques et laïques, élus par le Comité lui-même. Il siège à Paris, une fois par an, au mois de juin. Il choisit ceux de ses propres membres qui sont à élire, nomme les membres de la Commission permanente, dirige et surveille les actes de celle-ci, et prend toutes les mesures utiles au but poursuivi par la confrérie. 2° La Commission permanente se compose de cinq Frères, dont un président, un vice-président, un secrétaire et un trésorier. Son président et son vice-président sont ecclésiastiques, ses trois autres membres sont ecclésiastiques ou laïques. Elle siège à Paris et se réunit chaque fois que son président juge utile de la convoquer. Elle exécute les décisions du Comité central. Elle nomme les délégués régionaux, elle dirige et centralise leur action. En relation constante avec le clergé, les missionnaires, les religieux, les pieux laïques de nos colonies, avec les délégués régionaux, avec les ecclésiastiques et les laïques de France qui ont à cœur l'évangélisation de nos sujets et de nos protégés coloniaux, elle reçoit les demandes, les exposés de besoins, et elle solutionne comme il convient. Elle tient ouverte une souscription permanente à l'usage des Frères et Sœurs, en vue de recevoir leurs dons pour les colonies françaises et les pays de protectorat français; soit que les donateurs spécifient l'emploi à faire de leurs versements, soit qu'ils laissent le choix de cet emploi à la Commission. Elle assure la publication d'un bulletin mensuel, organe de la confrérie. Elle est à la disposition des pieux catholiques qui désirent connaître nos colonies et nos pays de protectorat, s'y rendre pour y faire œuvre utile, ou leur être utile de loin, elle les renseigne et les aide fraternellement de toute manière. 3° Les délégués régionaux sont aussi nombreux que la Commission permanente l'estime utile. Ils peuvent être ecclésiastiques ou laïques. Ils propagent la confrérie, ils reçoivent les adhésions et les dons qu'ils transmettent à la Commission permanente, ainsi que les demandes, les offres et les renseignements; ils répandent la connaissance et l'amour de nos colonies et de nos pays de protectorat ainsi que le souci de leur conversion; ils aident de toutes leurs forces les pieux fidèles qui veulent aller dans des colonies ou leur être utiles.

VII. La confrérie est dédiée au Sacré-Cœur de Jésus. Elle a pour patronne la Très Sainte Vierge au mystère de la Visitation. Elle se réunit par des prières en commun dans la basilique de Montmartre, où elle supplie le Sacré-Cœur d'établir son règne dans toutes les âmes de France, des colonies françaises et des pays de protectorat français.

VIII. On demandera humblement à Notre Saint-Père le Pape d'accorder aux Frères et Sœurs des indulgences plénières : le jour de l'inscription, à l'article de la mort, et chaque année aux fêtes du Sacré-Cœur, de l'Épiphanie, de la Pentecôte, de la

Visitation de la Très Sainte Vierge, de saint Michel, de saint Joseph, de tous les Apôtres, de sainte Magdeleine, de saint Denis, de saint Rémy, de saint Louis, de la bienheureuse Jeanne d'Arc, de la bienheureuse Marguerite-Marie, de saint Pierre Claver.

Vu, approuvé et permis d'imprimer.

APPENDICE A L'ANNEXE II

1° *Lettre* du P. de Foucauld, n° 52, du 22 juillet 1914 :

« ... Une petite transformation de notre union de prières, rien n'étant changé quand au fond, ni dans ce qui est demandé, conseillé à chaque Frère ou Sœur, mais de grandes simplifications étant apportées dans l'organisation, les statuts étant abrégés, le lien entre les Frères n'étant plus des prêtres « directeurs locaux »... mais devenant un bulletin (mensuel, si possible) instruisant les Frères sur nos colonies, leur état, leurs besoins, les travaux apostoliques qui s'y font, les congrégations qui y travaillent... Bulletin *sérieux,* écrit sur un ton toujours sérieux et modéré ayant pour but de donner aux chrétiens sérieux et cultivés des données vraies sur nos colonies, sur ce qui s'y fait et sur ce qui y manque comme apostolat; en les intéressant à ces questions, j'espère qu'ils se mettront en relation avec certains d'entre les ouvriers apostoliques eux-mêmes et formeront un mouvement chrétien dirigé vers les colonies.

« Je comprendrais ce bulletin ainsi : format grand in-12 (celui de l'*Afrique libre,* bulletin de la Société Antiesclavagiste), 32 pages par mois, faits généraux intéressant les colonies, extraits des bulletins des diverses congrégations religieuses qui évangélisent les colonies françaises, bibliographie coloniale générale et au point de vue des missions. Tous les ans un numéro donnerait la statistique des établissements catholiques dans nos colonies. On tâcherait de composer une plaquette donnant une description rapide de nos colonies avec état des établissements catholiques, plaquette qui serait donnée à chaque nouveau frère ou sœur au moment de son admission et qu'on tiendrait au courant en la réimprimant de temps en temps avec les corrections nécessaires. — *Pensez à ce projet, cher Frère, et dites-moi ce que vous en pensez...*

« Dans l'union ainsi transformée, il n'y aurait plus de quête ni de collecte d'aucune sorte; on paierait une fois pour toutes un franc en entrant, ceux qui voudraient recevoir le bulletin s'y abonneraient moyennant trois francs par an, mais cet abonnement serait facultatif. Les communautés et instituts religieux, collèges, etc., pourraient entrer dans l'union collectivement, à perpétuité et gratis par une seule adhésion donnée une fois pour toutes. On leur enverrait le bulletin gratis... »

2° *Lettre* du même, n° 58 du 21 février 1915 :

« ... 1° Donner des *statuts* extrêmement abrégés (avec une organisation très simplifiée et différente); 2° établir le *bulletin* mensuel...; 3° à tout Frère ou Sœur, serait remis à son entrée dans l'union, sous forme de *conseils,* une petite brochure qui contiendrait à la fois à peu près ce que contiennent les statuts actuels (sauf l'organisation) et le Directoire (qui n'est pas imprimé et n'est qu'une explication des statuts); 4° une notice sur les colonies françaises... »

3° *Lettre* du même, n° 59 du 17 avril 1915 :

« ... Mgr Bonnet a pleinement approuvé que j'aie mis les statuts sous une forme très brève, permettant de voir d'un coup d'œil ce qu'est l'œuvre; les anciens statuts modifiés en ce qui concerne l'organisation et peut-être un peu allongés comme conseils spirituels, resteront comme Directoire; ils seront, dans ma pensée, donnés à chaque Frère à son entrée dans l'Union, sous le titre de « Conseils... »

4° *Lettre* de S. G. Mgr Bonnet, 12 avril 1917 :

« ... Il est très vrai que j'ai approuvé les statuts de son « Union de prières » et les modifications que le bon Père a cru devoir y introduire. Elles n'atteignent pas le fond, elles ne sont guère que de pure forme, elles réduisent en quelques pages plus concises et plus compactes le volumineux exposé que vous avez dû connaître... »

ANNEXE III

TABLE SOMMAIRE DU MANUSCRIT DE 1899-1901

Projet de règle [1]

I. Règle de saint Augustin [Ep. CCXI : texte latin].
Règle de saint Augustin [Ep. CCXI : traduction française].

II. *Constitutiones fratrum parvulorum Sacratissimi Cordis Jesu* (I + XL articuli).
Constitution des petits Frères du Sacré-Cœur de Jésus (I + XL articles).

III. Règlement des petits Frères du Sacré-Cœur de Jésus :

[A] Préliminaires.

[B Commentaire des constitutions intitulé « règlement », et comprenant quarante chapitres correspondant aux quarante articles des constitutions] :

[*Introduction*] :

1° Imitation de notre Bien-Aimé Seigneur Jésus-Christ.
2° Adoration perpétuelle du Très Saint-Sacrement.
3° Établissement des petits Frères du Sacré-Cœur dans les pays infidèles.

1. [Cf. ce ms., chap. XVII.]

4° Vœux.

5° Obéissance au Prieur, à la règle de saint Augustin, aux constitutions et au règlement [*consuetudines*] des petits Frères du Sacré-Cœur de Jésus.

6° Sainte pauvreté.

7° Clôture.

8° Prières.

9° Saint Sacrifice de la Messe.

10° Confession et communion des Frères.

11° Direction spirituelle des Frères.

12° Explication du saint Évangile, catéchisme et retraite annuelle [*annua recollectio*].

13° Dévotions et pénitences communes et particulières.

14° Sacerdoce.

15° Fêtes chômées.

16° Intervalles.

17° Saintes lectures.

18° Études sacrées.

19° Silence.

20° Séparation du monde.

21° Détachement de tout ce qui n'est pas Dieu.

22° Obéissance et dévouement à Notre Mère la Sainte Église.

23° Obéissance au Frère Prieur.

24° Charité à l'intérieur de la Fraternité.

25° Humilité à l'intérieur de la Fraternité.

26° Tendres soins aux Frères malades.

27° Charité entre les diverses Fraternités.

28° Charité, paix, humilité et courage envers tous les hommes.

29° Charité envers les personnes du dehors (bienfaits spirituels).

30° Charité envers les personnes du dehors (bienfaits matériels).

31° Saint travail des mains.

32° Pauvreté et pénitence dans la nourriture.

33° Pauvreté et pénitence dans les vêtements.

34° Pauvreté et pénitence dans les édifices (avec plan hors texte du couvent type).

35° Pauvreté et pénitence dans le mobilier.
36° Chapelles et sacristies.
37° Noms.
38° Fondations.
39° Horaire.
40° Fin de l'exil.

Appendice A. Texte latin de l'article préliminaire (*articulus prœvius*) :

« *Jesu et Charitatis regnum dilatare* : haec est missio fratrum parvulorum Sacratissimi Cordis Jesu, secundum eorum nomen. Regnum *Jesu et Charitatis* in suis et proximi cordibus confirmare debent. Eorum fraternitates, *Sacratissimo Cordi Jesu* dicatae, instar ipsius Sacratissimi Cordis uri et urere debent ignem mittentes in terram, et in circumhabitantes longe lateque irradiantes.

« *Imitatio vitœ absconditœ quam Dominus Noster Jesus Christus triginta annos Nazarœ coluit,* perpetua *adoratio Sanctissimi Sacramenti die nocteque expositi,* et *habitualis incolatus in terris infidelium* proprium fratrum parvulorum Sacratissimi Cordis Iesu opus constituunt. Eorum finis est Dei glorificatio, per Domini Nostri imitationem, per Sanctae Eucharistiae adorationem, et per populorum infidelium sanctificationem : quam infidelium sanctificationem, Sacratissimi Sacramenti praesentia, divini Sacrificii oblatione, et evangelicarum virtutum cultu promovere nituntur. »

Appendice B. Un manuscrit de mai 1902, projet de règle pour les Sœurs du Sacré-Cœur, adapte le texte de 1899-1901, les quarante articles des constitutions et les quarante chapitres du règlement, à un genre de vie tenant à la fois des Trappistines et des Clarisses (avec plan de couvent annexé).

ANNEXE IV

MÉTHODES POUR LIRE ET MÉDITER L'ÉVANGILE[1]

Le Père a laissé deux méthodes pratiques pour la lecture et la méditation quotidiennes de l'Évangile (ap. *texte de 1901*, chap. XII, et ap. *Carnet personnel*).

Il s'agit, en substance, de faire lire (la veille au soir) et méditer (le matin) l'Évangile, « à la suite, parcelle par parcelle, sans rien omettre », afin de se l'assimiler progressivement tout entier. En s'interrompant les dimanches, et fêtes de Notre-Seigneur, pour se reporter alors à l'Évangile liturgique du jour, — et chaque vendredi du mois, pour reprendre un des quatres récits évangéliques de la Passion.

Voici d'ailleurs un extrait de sa *lettre* n° 52 du 22 juillet 1914 :

« ... Trouver le temps d'une lecture de quelques lignes des saints Évangiles en prenant chaque jour à la suite de manière qu'en un certain temps il passe *entièrement* sous vos yeux, et après la lecture (qui ne doit pas être longue : 10, 15, 20 lignes, un demi-chapitre au maximum), méditer pendant quelques minutes mentalement ou par écrit sur les enseignements contenus dans votre lecture. Il faut tâcher de vous imprégner de l'esprit de Jésus en lisant et relisant, méditant et reméditant sans cesse ses paroles et ses exemples : qu'il fassent dans nos âmes comme la goutte d'eau qui tombe et retombe sur une dalle toujours à la même place... »

1. Cf. *Directoire, supra*, art. XIV, n. 2.

ANNEXE V

L'UNION DE PRIÈRES POUR LE DÉVELOPPEMENT DE L'ESPRIT MISSIONNAIRE SURTOUT EN FAVEUR DES COLONIES FRANÇAISES (PARIS, 1922)

I

Le Père Charles de Foucauld

La vie de Charles de Foucauld, cet explorateur du Maroc qui mourut ermite au Sahara, vient d'être l'objet d'une étude si dense et si approfondie de la part de R. Bazin[1], que, tant pour les étapes de sa vie que pour les sources à consulter, nous ne pouvons qu'y renvoyer le lecteur[2]. Ceci n'est donc, pour commencer, qu'un bref résumé chronologique.

Né à Strasbourg le 15 septembre 1858, sous-lieutenant de hussards, puis de chasseurs d'Afrique, démissionnaire en 1881 après une jeunesse dissipée, — il décide alors sa grande « reconnaissance » topographique du Maroc, et il l'exécute du 20 juin 1883 au 23 mai 1884, déguisé en rabbin russe, avec un parfait mépris du danger; c'est en 1887-1888 que paraîtront les magnifiques résultats techniques de son voyage, le désignant d'emblée à l'attention du monde savant. Mais déjà l'au-

1. *Charles de Foucauld,* 478 pages, Paris, 1921, chez Plon.
2. On peut relire l'article du général Laperrine (1913), la préface de S. G. Mgr Bonnet (1917) à l'opuscule de l'abbé Jauffrès, et les notes d'E.-F. Gautier (1919), comme exprimant trois points de vue distincts : d'un frère d'armes, de son évêque, et d'un spécialiste de documentation saharienne.

teur ne s'en souciait plus; entre-temps, à la suite d'un voyage au Sud algérien, il s'était converti (fin octobre 1886), prenant à Paris pour directeur l'abbé Huvelin[1] († 1910). Il renonce à tous ses biens (fin 1889), et entre comme novice à la Trappe; au couvent de N.-D. des Neiges (16 janvier 1890), puis à celui de Chékhlé près Alexandrette (juillet 1890-1896). Là, poursuivi d'un désir tenace d'un genre de vie encore plus renoncé, et attentivement suivi par ses supérieurs, il est rappelé à Staouëli (oct. 1896) puis à Rome, où le supérieur général de l'Ordre, D. Sébastien Wyart, reconnaissant, après examen, sa vocation exceptionnelle, autorise « frère Marie-Albéric » à quitter la Trappe (23 janvier 1897), en demeurant dans l'obéissance, sous la direction de l'abbé Huvelin. Parti pour la Terre-Sainte, il devint en secret jardinier au service d'un couvent de Clarisses, à Nazareth d'abord (5 mars 1897-juin 1898), puis à Jérusalem (1898-1900). Revenu à la Trappe de N.-D. des Neiges, ordonné prêtre à Viviers (9 juin 1901), il put enfin entrer dans la vie qu'il souhaitait, en vrai Père du Désert. Quinze années durant, à Beni-Abbès (1901-1905), puis à Tamanrâset[2] (1905-1916) il offrit silencieusement à Dieu le saint Sacrifice pour les âmes infidèles du Sahara. Et c'est à Tamanrâset, au milieu des Touareg nomades que sa bonté rayonnante préparait doucement à l'Évangile, qu'il fut tué pendant la guerre, le 1er décembre 1916, par des razzieurs venus de Tripolitaine, à l'instigation des ennemis de la France.

Ainsi cette âme généreuse a passé, parmi nous, en vraie fille de l'Église, humble, discrète et voilée; déguisée même, sous la double et déconcertante apparence d'un prêtre libre habillé en ermite aux yeux du clergé, d'un homme de science positive épris de documentation, aux yeux des laïques. L'explorateur qui s'était jadis acharné à établir la carte exacte d'un Maroc inconnu en levant un canevas topographique rigoureux, était réputé, depuis, comme un philologue berbérisant, tout occupé à maîtriser un dialecte inabordé, en inventoriant sur

1. L'ancien normalien qui avait baptisé Littré mourant.

2. Ce nom de lieu *Tamacheq* signifie « une sorte de coléoptère » (Foucauld, *Dictionnaire touareg-français,* II, 153).

place de façon exhaustive son vocabulaire[1]. Mais le secret de ce cœur recueilli, l'exhortation de ce regard humble qui se levait, transparent et direct, c'était uniquement : vivre pour la gloire de Dieu, lutter pour le salut des âmes, endurer et souffrir avec le Cœur meurtri d'un Maître bien-aimé, crucifié, — « coûte que coûte, et jusqu'au bout ». Aussi Notre-Seigneur Jésus, qui, dès 1898, l'avait invité à quitter Nazareth pour Le suivre tout à fait et L'imiter sans réserve, permit enfin qu'en 1916 il fût tué, au fond du plus grand désert, devant la dernière hostie d'intercession que ses mains de prêtre avaient consacrée, — par ceux-là mêmes pour qui il priait : Dieu ne pourra plus les maudire, puisque lui, leur victime, pardonne.

L'unique nécessaire, le seul legs de Charles de Foucauld, pour l'âme qui vient à Dieu tout droit, c'est de comprendre son exemple, partant de méditer, avec le respect qui convient, sa *règle de vie*. Mais avant d'en aborder l'examen, il est bon d'embrasser, d'un dernier regard, sa physionomie spirituelle si fraîche, de goûter la vie intérieure qui débordait de son cœur sur son visage, pour la consolation des autres : non pas pour la sienne, il ne la chercha jamais.

Il avait tout donné, et Dieu, petit à petit, avait tout pris. « Ce tendre et croissant amour pour vous, mon Seigneur JÉSUS,... ce désir de vous imiter, cette parole de M. Huvelin dans un sermon : « Que vous aviez tellement pris la dernière place que jamais personne n'avait pu vous la ravir! » si inviolablement gravée dans mon âme,... cette recherche d'une vie conforme à la vôtre, où je puisse partager complètement votre abjection, votre pauvreté, votre humble labeur, votre ensevelissement, votre obscurité[2]... » Toute la vie intérieure du P. de Foucauld sort de là, de Nazareth au Sahara, toute la force de ses exemples nous ramène là, ensevelissement dans l'abjection, esprit d'oraison, immense amour des âmes.

Goût de l'abjection. Il ne s'agit pas ici de l'ascèse ordinaire,

1. C'est le seul aspect qu'ait compris, par exemple, le savant géographe E.-F. Gautier.

2. *Retraite faite à Nazareth en 1897*, extr. ap. Bazin, *l. c.*, 165-166.

ni même d'une « résignation » habituelle « à la pouillerie et à la crasse », mais de cet amour spécial de la pauvreté spirituelle, second degré que sainte Angèle et saint Ignace ont si excellemment défini. Foucauld, qui, dans un but scientifique profane, avait été heureux de serrer, sous ses guenilles empruntées de juif, ses instruments d'observation, tandis que le mépris des passants musulmans le couvrait d'insultes et de crachats, savait de longue date l'estime que méritent les convenances mondaines et les honneurs officiels. Et, quand il eut compris combien Notre-Seigneur Jésus s'était volontairement humilié dans l'obéissance, jusqu'à la mort, et pour qui, — Charles de Foucauld sut trouver mille finesses silencieuses pour se laisser humilier, mépriser, tourner en ridicule même par les plus honnêtes gens, même par des religieux et par des enfants, pourvu qu'il n'y eût ni péché de leur part, ni scandale de la sienne. Sa biographie par R. Bazin en contient maint exemple; telle son arrivée à N.-D. des Neiges, mêlé à une troupe de mendiants[1] : rappelons ici sa sortie de l'Ordre cistercien réformé, sortie autorisée par indult exceptionnel, avec approbation unanime de ses supérieurs ecclésiastiques[2], — mais sur laquelle il évitait constamment de s'expliquer, heureux de passer, çà et là, pour un religieux « gyrovague » aux yeux de tel ou tel observateur superficiel, évidemment excusable de ne pas deviner d'emblée une vocation aussi insolite.

La Croix l'attirait par son dénuement même, sans qu'il y vît fleurir des roses ni étinceler des pierreries ou des perles : elle avivait sa ferveur pour l'Eucharistie, cette aumône d'amour ingénu qui nous laisse tellement libres : il y goûtait à genoux l'abjection inouïe du Bien-Aimé, silencieusement offert à quels dédains. Voici ce qu'il écrivait[3] à une pauvre âme qui ne

1. Bazin, *l. c.*, 183.
2. *Id.*, 141-142.
3. Le 30 octobre 1909. Il est à noter qu'il ne faisait aucune confidence sur les grâces intimes dont il était certainement favorisé, puisque sa correspondance en trahit une connaissance expérimentale irrécusable. Mais il pensait, avec les Saints, qu'aucune douceur surnaturelle ne doit nous détourner de Dieu seul. — Comp. Bazin, *l. c.*, 245.

comprit que bien plus tard, et crut d'abord à des outrances de style : « Ne vous étonnez pas des tentations, des sécheresses, des misères, c'est un très bon lot. Plus les tentations sont fortes, les sécheresses profondes, les misères humiliantes, plus le divin Époux demande à notre amour de combats, de constance, d'espérance en Son amour. Mettre nos pauvres cœurs à cette épreuve..., n'est-ce pas une grâce ? Que peut-Il faire de plus pour nous que de nous unir à Lui de plus en plus, en nous rendant moralement plus semblables à Lui. Et, parmi les moyens d'élever notre âme, pouvons-nous en imaginer un... plus tendre, plus délicat que la CROIX, la tentation, la sécheresse, — par lesquels chaque heure est une déclaration d'amour,... une preuve de *pur* amour, un acte d'amour dans la nuit, l'éloignement, l'apparence du délaissement, le doute en soi-même, — dans toutes les amertumes de l'Amour sans aucune de ses douceurs... ».

Esprit d'oraison. La solitude convie l'âme au recueillement, puis au silence. Foucauld avait été de bonne heure à cette école du désert, dont la discipline a marqué tant d'hommes de notre race, depuis quarante ans. Durant les longues étapes, dures et monotones, l'explorateur, cheminant seul avec ses pensées, voit disparaître les conventions commodes où la civilisation l'avait claquemuré contre la visitation de l'inattendu. Son horizon mental, simplifié, de plus en plus dépourvu de silhouettes amies, s'aplanit assez pour que la présence souveraine du Dieu unique apparaisse. Au désert, l'âme se dépouille d'images, la conscience subit le tête-à-tête implacable du silence, les sens domptés se résignent à la patience, et le cœur s'entraîne à endurer. Bientôt, si Dieu veut, le corps est prêt à se prosterner, et le cœur à adorer. La conversion de Foucauld survint, souvenons-nous-en, quelques mois après un premier voyage au Sud algérien, de Laghouat à Gabès, voyage silencieux s'il en fut, d'où il ne rapporta pas de notes, mais seulement un besoin de renoncement plus sourd et plus aigu. La grâce, venant féconder à son heure les dispositions premières de son âme, fit graduellement de sa vie une oraison perpétuellement jaillissante [1], et

1. Bazin, *l. c.*, 302.

ce fut là, chose étrange, une des raisons qui découragèrent d'avance les religieux désireux d'aller le rejoindre au désert; ils se disaient qu' « une telle contention d'esprit » était impraticable pour d'autres [1]. Mot assurément impropre pour lui, qui savait se pencher assez bas sur le puits des eaux vives pour que son seau ne remontât jamais vide. Son oraison lui était devenue si naturelle, elle était si humble, si transparente; nulle singularité dans ses attitudes, nulle originalité dans ses prières, toutes liturgiques. Et quel dernier trait d'amour dans les instructions qu'il avait laissées à un officier, au cas où il serait tué, pour la mise en lieu sûr du Très Saint-Sacrement qu'il gardait, exposé en permanence dans sa cellule d'ermite; instructions qui devaient être si providentiellement suivies [2].

Immense amour des âmes. Relisons une à une, dans Bazin, les inventions délicates imaginées par l'ingénieuse bonté de Foucauld, envers les âmes les plus inaccessibles, les plus dénuées et les plus perdues, pour les gagner à Dieu; se faisant leur parent, leur frère aîné, s'occupant de tous leurs besoins [3]; ermite, — il interrompit ses heures de contemplation, cloîtré, il franchissait sa clôture bénite, à chaque fois que la santé même corporelle du prochain l'exigeait.

Cet ascète, implacable pour soi-même, avait appris ainsi à aimer les autres pour Dieu avec une délicatesse inexprimable. Il ne demandait pas, il ne réclamait rien, il veillait, attendant l'heure de la grâce, évitant qu'aucune âme ne reçût de blessure, ne ressentît de gêne, même légère. Plus le service rendu est humble, plus la grâce y transparaît. Je me souviens du geste rapide, affectueux et discret, avec lequel il enleva, devant moi, des mains embarrassées d'un jeune musulman, indécis et troublé, une image de piété qu'un bon prêtre, un peu par habitude, je pense, venait d'y glisser. Mais j'en ai déjà trop dit, et ne m'en console qu'en priant ceux qui liront ceci de bénir Dieu, comme le Père de Foucauld lui-même le fit, à la mort d'un ami : « Dieu soit béni de nous l'avoir donné, de nous

1 Bazin, *l. c.*, 243.
2. *Id.*, 465. Cet officier a été tué en Syrie (1920).
3. Bazin, *l. c.*, 323, 419.

l'avoir tant laissé, et d'avoir fait entrer son si fidèle serviteur dans la gloire éternelle. »

II

L'Union de prières

« L'Union » de prières « pour la conversion des infidèles » (*des colonies de la mère-patrie*) est la fondation que le R. P. Charles de Foucauld a poursuivie pendant les sept dernières années de sa vie; elle est venue comme couronner la série de renoncements et de sacrifices par lesquels Dieu a éprouvé sa vocation apostolique; c'est son legs unique, et son dernier conseil, à ses amis. « Après la paix, écrivait-il à l'un d'eux [1], je ferai tous mes efforts pour l'établissement définitif de notre union, allant où il faudra, et restant en France autant qu'il faudra : Que la volonté de JÉSUS se fasse en cela et en tout! »

Appelé par des voies exceptionnelles à prier pour le salut des âmes infidèles et spécialement des musulmans, suivant une règle de vie de plus en plus dure et solitaire, expatrié au centre du Sahara, le R. P. de Foucauld se voyait condamné à n'avoir ni disciple capable de le rejoindre, ni compagnon en état de partager ses privations. Et, en revanche, le lien de la prière commune de l'Église, qui l'unissait aux âmes chères qu'il avait laissées au loin derrière lui, en France et en pays chrétiens, l'obligeait à chercher inlassablement les moyens de canaliser jusqu'à elles, et de leur rendre accessibles les trésors de grâces dont il avait trouvé la source, avec sa vocation définitive, à Nazareth [2], de 1897 à 1898.

Soumis, jusqu'à sa mort, à la « Règle » qu'il avait été autorisé à rédiger et à suivre, depuis 1899, — il la simplifie et l'adoucit, à trois reprises, en 1909, 1913 et 1916; avec l'approbation de ses supérieurs et sur des conseils autorisés; afin de la donner comme des « Statuts » et un « Directoire »

1. Lettre à M. l'abbé Laurain (Toussaint 1916).
2. En ce petit enclos attenant au couvent des Clarisses.

à la confrérie de coopérateurs, à « l'Union » qu'il demandait à Dieu de fonder; en vue d'étendre et de perpétuer l'urgente et accablante œuvre d'apostolat à laquelle il succomba le 1er décembre 1916.

L'intention maîtresse, l'esprit particulier de sa Règle de vie de 1899 se retrouvent intacts dans le texte, volontairement atténué quant au style et à la pensée, de ces « statuts » de l'Union, destinés à toute âme de bonne volonté. L'âme chrétienne qui, d'année en année, a pu apprendre à en méditer les maximes durant sa vie quotidienne, se sent saisie de respect pour ses devoirs d'État, de désir pour les vertus, — et conçoit l'humble vœu de prouver à Dieu, filialement, qu'elle veut L'aimer, par-dessus tout, « coûte que coûte et jusqu'au bout ». La note distinctive de l'Union, c'est un esprit de fraternité dans le Cœur très sacré de JÉSUS, enfant, puis adolescent et homme fait, à Nazareth : un esprit d'adoption des âmes en la Sainte Famille, — une retraite spirituelle entrouverte à toute heure pour le recueillement, entre la Très Sainte Vierge et saint Joseph, dans leur maison bénie, — une certaine manière de vénérer, d'imiter et de goûter auprès d'eux les exemples de « Notre Modèle » unique, — une offrande de plus en plus fréquente du cœur, prosterné devant les anéantissements de JÉSUS dans le Très Saint-Sacrement, sur tous les autels; d'où l'ostension perpétuelle de Sa présence rayonne mystérieusement vers les âmes qu'Il veut sauver; aussi réellement qu'elle luisait à travers sa vie cachée, dans Nazareth, et qu'elle brille dans Sa gloire, au ciel, parmi les saints.

Telle est la pierre angulaire de la fondation; le R. P. de Foucauld en réalisa à mesure, pour lui-même, toutes les conséquences, — et les rédactions sucessives des « statuts » en préparèrent graduellement, pour d'autres, les modalités pratiques. « Deux (moyens) [1], qui contiennent tout, et entraînent tout le reste : imitation de la vie cachée de la Sainte Famille, et culte de la Sainte Eucharistie ».

De fait, celui qui expérimente loyalement cette vie cachée

1. Lettre à M. l'abbé Laurain (IIe dimanche de Carême 1909).

à Nazareth, avec JÉSUS « sanctifiant silencieusement le monde pendant trente ans » reçoit en son cœur, avec le temps, une série d'invites de la grâce, touches aussi simples qu'irrécusables, aussi sages que directes.

La première, c'est, par imitation fraternelle de JÉSUS « venu chercher et sauver ce qui était perdu », de prier pour le salut du prochain; donc pour la conversion des infidèles; et, dans l'ordre de la charité, les premiers auxquels nous devions penser parmi les infidèles [1], — nous, fils d'une mère-patrie chrétienne, ce sont ceux des colonies de notre patrie; leur évangélisation est pour nous un devoir strict, comme, pour des parents, l'éducation chrétienne des enfants. La France les a adoptés du jour où elle se les est annexés; elle ne restera chrétienne que si elle remplit l'apostolat dont Dieu l'a chargée à leur égard; « si elle ne le fait pas, elle manque à sa mission, et, si nous ne l'y aidons pas, nous manquons à la nôtre ». Spécialement vis-à-vis de nos musulmans [2].

La seconde est, pour nous, de garder notre « esprit élevé au-dessus des tempêtes passagères du monde, pour voir sans cesse, et ne voir que deux choses, l'unique modèle, JÉSUS, et les âmes rachetées à si grand prix, qu'il faut aimer et chercher à sauver, comme Il l'a fait »; « être de bons chrétiens, prenant la tête d'un mouvement vers l'humilité, la pauvreté, l'abjection, le travail, la douce et humble charité et fraternité de JÉSUS à Nazareth... toujours tournés vers les brebis les plus perdues du divin Pasteur, pour les ramener [3] ». C'est ainsi, et ainsi seulement, que pourront se recruter pour chaque colonie, dans la métropole et sur place, des groupes d'hommes et de femmes de bonne volonté, coopérateurs zélés et disciplinés de la *propagation de la foi,* prêts à servir toutes les œuvres apostoliques indistinctement.

La troisième : pour que cette coopération soit vraiment

1. *Ensuite* viennent les infidèles « les plus délaissés spirituellement » (*Directoire,* art. XXXIX).

2. Voir sa lettre à M. René Bazin, dans le *Bulletin de Correspondance catholique.* (Reprod. ap. Bazin, *l. c.,* 446).

3. Lettre à M. l'abbé Laurain (IIe dimanche du Carême 1909).

féconde et sainte, fondée sur la communion de l'Église, et participe à la distribution permanente des grâces dans l'ordre même de la hiérarchie et des sacrements, — pour que ce personnel de coopérateurs éminemment varié et mobile [1], ne fasse qu'un cœur avec son Maître, demeure, comme le sarment, toujours uni à la Vigne, pour porter du fruit, — une organisation combinée de la vie intérieure et du travail d'apostolat est indispensable. Dans ce but, et conformément à la Règle de 1899, les « statuts de l'Union demandent expressément à chaque membre : 1° d'abord et avant tout, d'avoir un *directeur spirituel,* librement et mûrement choisi, mais docilement et fermement écouté; chargé de déterminer dans quelle mesure il appartient à cette âme de consacrer sa vie à l'Union. Ce directeur, qui est comme « l'évêque du lieu », « l'ordinaire » de l'âme, apprécie seul cette part qu'il est bon que l'âme donne à l'Union; 2° de se mettre ensuite à la disposition du *directeur local* de l'Union; celui-ci est uniquement chargé du bien général de l'œuvre, déchargé de la direction spirituelle des membres, et du risque éventuel qu'il y aurait à subordonner le bien individuel de telle ou telle âme coopératrice à la réussite générale de l'œuvre. Et, pareillement, le directeur spirituel veille à régulariser la vie de l'âme coopératrice en son équilibre normal, sans avoir à craindre de s'ingérer dans le fonctionnement intéreur de l'œuvre.

Cette « distinction des pouvoirs » entre les deux directions, celle de l'âme et celle de l'œuvre, est une application caractéristique de la recommandation expresse, formulée par le Saint-Siège en son décret du 17 décembre 1890; distinction longuement méditée par le R. P. de Foucauld. La disposition mûrement graduée qui la réalise, dans l'Union [2], est si nette qu'elle a pu fonctionner dès le début sans incertitude ni heurt pour les adhérents les moins préparés : « 1° ils s'uniront de cœur, d'âme et d'efforts avec les *prêtres, religieux et religieuses,* qui travaillent au salut des âmes..., leur demandant en quoi

1. Laïque, en majeure partie, par ses origines.
2. Art. V et XXXIII du *Directoire* (voir les mêmes articles, des « Statuts » de 1909).

ils peuvent leur être utiles; 2° le demandant au *directeur local de l'Union,* priant, réfléchissant, et enfin 3° consultant leur *directeur spirituel* et suivant ses avis[1]. « Ils doivent suivre leurs impulsions (= des *directeurs de l'Union*) en ce qui concerne les buts de l'Union; ils doivent 1° prendre leurs conseils en grande considération, 2° en conférer avec leur *directeur spirituel,* et 3° faire ce que celui-ci leur dit[2]. »

Ainsi armée et préparée pour la lutte, l'âme peut aborder l'apostolat proprement dit, qui est la fin poursuivie par le moyen de cette discipline intérieure. Le R. P. de Foucauld a condensé l'expérience de ses années d'*apostolat indirect* en pays infidèle dans trois chapitres du *Directoire.* D'abord, au chapitre XXVIII, en marquant très fortement la hiérarchie des moyens à employer, chacun à son rang, pour la conversion des âmes éloignées de Jésus, et spécialement des infidèles des colonies. Voici cette hiérarchie : « 1° le Saint Sacrifice de la Messe (donc s'unir pendant la Messe, et demander au prêtre de s'unir à cette intention apostolique); 2° la présence de la Sainte Eucharistie (donc accroître le nombre des tabernacles en pays infidèle, et propager l'adoration perpétuelle), 3° la sanctification personnelle, 4° la prière, 5° la pénitence (acceptation des croix), 6° le bon exemple, « en étant des modèles de vie évangélique, en faisant voir l'Évangile dans leur vie, en étant des Évangiles vivants, tels qu'en les voyant on sache ce qu'est la vie chrétienne, ce qu'est l'Évangile, ce qu'est Jésus, 7° la bonté pour se faire aimer et faire aimer tout ce qui est d'eux, leur religion et Jésus leur Maître; 8° l'établissement de rapports d'amitié avec les personnes, avec le soin constant de faire du bien à leurs âmes, allant à ceux qu'on veut convertir..., se mêlant à eux et se liant étroitement d'amitié avec eux; 9°-10° l'aide prêtée aux prêtres, religieux et religieuses qui travaillent au salut des âmes dans le lieu (et hors du lieu) où l'on est... »

1. *Directoire,* art. V.
2. *Ibid.,* art. XXXIII.

Ce tableau résume exactement la progression que l'apostolat chrétien doit suivre[1] à l'égard des infidèles (surtout des musulmans) aux colonies; au début les *cinq premiers moyens* sont pur recours à la grâce, et immolation intérieure; le *sixième* n'est encore qu'apostolat très indirect. C'est ce que les Pères Blancs appellent la « première étape », où l'on fait tomber les préjugés et suspicions, sans parler de religion; ou, n'en parlant que brièvement si l'on est questionné; c'est ainsi qu'en Ouganda, pour cette « première étape » ils firent appel à la coopération des Sœurs de Marie Réparatrice pour instaurer l'adoration perpétuelle à Entebbé.

Le *Directoire* explique longuement (au chap. XXVIII) comment employer le sixième moyen, le « bon exemple ». « Dieu, pour nous sauver, est venu à nous, s'est mêlé à nous, a vécu avec nous dans le contact le plus familier et le plus étroit, de l'Annonciation à l'Ascension. Pour le salut des âmes, Il continue à venir à nous... chaque jour et à toute heure, dans la Sainte Eucharistie. Ainsi nous devons, pour travailler au salut des âmes, aller à elles... les premiers..., les apprivoiser, les mettre en confiance, leur inspirer l'estime, l'affection..., quelque patience que cela demande... » Puis, au chapitre XXXVI il aborde les derniers : « Les devoirs des frères et sœurs, qui ne sont ni prêtres ni religieux, envers les fidèles, sont d'autant plus graves qu'ils peuvent souvent plus pour eux que les prêtres, religieux et religieuses. Plus qu'eux ils peuvent se mêler aux infidèles... Leurs occupations, administration, agriculture, commerce, les mettent en relations de toute heure avec eux. De ces relations, ils peuvent faire naître des amitiés leur donnant accès au foyer des familles... Le devoir des frères et sœurs qui ne sont ni prêtres ni religieux *n'est point d'instruire* les infidèles de la religion chrétienne, *d'achever leur conversion,* mais de la *préparer.* »

« Que les frères et sœurs prient pour les infidèles de leur localité, spécialement pour les plus hostiles, les malades, les agonisants... Qu'ils s'intéressent affectueusement à tous les

1. Relire à ce sujet la si belle préface de S. G. Mgr Bonnet à la biographie du P. de Foucauld par l'abbé Jauffrès.

infidèles voisins, se montrant heureux de leurs joies et compatissant à leurs peines... Qu'ils s'efforcent de n'avoir avec eux ni procès ni différends, ni inimitiés, ni querelles... »

Et au chapitre XXXVIII : « ... L'évangélisation des infidèles des colonies de notre patrie est plus facile pour nous que pour d'autres. La langue, les relations nous donnent des facilités...; parfois les étrangers (excitent) les défiances des gouvernements... Même là où la religion catholique est persécutée par le pouvoir laïc, les nationaux peuvent plus facilement la répandre que les étrangers; il leur est plus facile de dissimuler leur but et de se perdre dans la foule sous l'apparence de commerçants, d'agriculteurs [1], etc.; ils n'excitent la défiance et l'antipathie que pour la seule cause de religion, tandis que les chrétiens étrangers l'excitent pour les deux causes de religion et de nationalité. La conversion des infidèles est souvent très difficile... Surtout quand le gouvernement local y met des obstacles... Cela ne doit en rien décourager les frères et sœurs. Au contraire cela doit les faire travailler avec plus d'ardeur, les obstacles montrant que le succès demande plus d'efforts. » « Il ne faut pas mesurer nos travaux sur notre faiblesse, mais nos efforts sur nos travaux » (S. Jean de la Croix).

« Quels que soient les infidèles des colonies de leur patrie, ils ne sont pas plus difficiles à convertir que les Romains et les barbares des premiers siècles du christianisme; si opposé à l'Église que puisse être le gouvernement de leur pays, il ne l'est pas plus que Néron et ses successeurs. Que les frères et sœurs aient la même charité et le même zèle des âmes, les mêmes vertus que les chrétiens des premiers siècles, et ils accompliront les mêmes œuvres. Ils feront comme eux, cachés, dissimulés, à la dérobée, le bien qu'ils ne peuvent faire ouvertement. L'amour leur fera trouver les moyens, et Jésus rendra efficaces des efforts qu'Il inspira...

« Si les difficultés sont grandes, hâtons-nous d'autant plus de nous mettre à l'œuvre... Songeons à ces nombreuses âmes qui se perdent chaque jour, par notre faute en partie, si nous

1. Ou de philologues, comme le fit Foucauld, lui-même, sous le pseudonyme de son ami défunt, Motylinski.

ne travaillons pas ou travaillons mollement à leur conversion. Ne croyons pas qu'un si grand bien puisse se faire sans grand travail. C'est par la Croix que Jésus a sauvé le monde, et ce n'est que par le sacrifice que l'on arrive à faire du bien aux âmes...

« Une des choses les plus utiles pour la conversion des infidèles des colonies, c'est l'établissement en ces colonies de nombreuses familles vraiment chrétiennes, ayant la volonté de faire, tout en vaquant aux travaux quotidiens, l'office de Priscille et Aquila... avec saint Paul... Tant de familles s'y fixent (aux colonies) pour y trouver un accroissement de bien matériel. N'y en aura-t-il pas qui s'y fixeront pour le bien spirituel des âmes, pour la conversion de leurs frères... ? »

Dans ce qui précède se trouve l'essentiel de l'Union. Elle s'y est caractérisée dans sa structure générale comme dans sa physionomie individuelle; sans recourir aux prescriptions de détail des « Statuts », d'ailleurs de plus en plus simplifiés, que le R. P. de Foucauld avait déduits de sa Règle pour ses coopérateurs; « Statuts » dont la rédaction dernière précède de quelques mois seulement son assassinat [1]. Ce que l'Union propose à chaque âme, ce n'est pas la forme définitive et cristallisée, rigide, de la Règle de vie embrassée par son pieux fondateur, puisqu'elle demande « aux catholiques de tout sexe, de toute condition, célibataires ou mariés, ecclésiastiques ou laïcs », l'aumône d'eux-mêmes qu'ils peuvent donner; soumettant de façon expresse et permanente au discernement du directeur spirituel de chaque âme le règlement (horaire, prières quotidiennes, dévotions et pénitences) qu'elle préconise [2]. Ce

1. Dont le résumé authentique a été pris par S. G. Mgr Le Roy comme base pour la réorganisation de l'Union en 1919.

2. « Je regarde la direction comme essentielle, et condition *sine qua non* d'avancement sérieux, sauf exceptions rares; mais il faut choisir le directeur et « ne pas soumettre son jugement à quelqu'un qui n'en a pas, comme dit sainte Thérèse » (lettre à M. l'abbé Laurain, 28 août 1913).

que l'Union offre à toute âme de bonne volonté, c'est un simple conseil[1], discret, humble et irrécusable comme l'aumône de la pauvre veuve de l'Évangile : « On fait du bien, non dans la mesure de ce qu'on dit et de ce qu'on fait, mais dans la mesure de ce qu'on est, — dans la mesure de la grâce qui accompagne nos actes, dans la mesure en laquelle JÉSUS vit en nous, dans la mesure en laquelle nos actes sont des actes de JÉSUS agissant en nous et par nous[2]. » Ce n'est qu'un conseil, mais c'est celui des béatitudes, et toute une vie peut en découler pour l'âme qui l'écoute : choix d'un directeur spirituel, retraite annuelle décidée, et voici notre règle de vie qui naît, qui va sanctifier petit à petit tous nos instants, de travail manuel comme de communion spirituelle.

En fait, les remaniements et retranchements par lesquels, en 1913 et 1916, le R. P. de Foucauld allégea les « Statuts » de 1909, pour faire profiter plus aisément les âmes de son expérience personnelle de sa Règle, ne portent pas sur la substance des prescriptions envisagées, mais sur leur caractère de *directives,* pour l'atténuer. De plus en plus, le R. P. de Foucauld s'était résolu à leur assigner le simple caractère de *conseils;* estimant que le membre de l'Union, avant de s'y conformer, s'il y a lieu, devait pouvoir en prendre connaissance, librement et à loisir, dans le *Directoire* de l'Union. Ce *Directoire*[3], recueil tiré de ses méditations sur les quarante articles de sa Règle, est un manuel d'oraison, admirablement équilibré et condensé pour aider les résolutions des adhérents à s'enraciner, par la pratique des vertus. Il est précédé d'une introduction, intitulée « Notre Modèle »[4], moelle de citations évangéliques préparant notre cœur, par la lecture des paroles de JÉSUS, à se conformer aux intentions et aux desseins de son Cœur très sacré, pour la gloire de son Père. Suit le *Directoire,* avec une série de conseils, d'invites de la grâce, amorces de

1. Pour l'emploi des « intervalles » de chaque profession.
2. *Directoire*, art. XXVIII, 3°.
3. Extrait en 1909 de son directoire personnel de 1899.
4. Imprimée au Caire en 1917.

vocation[1]; heureux ceux qui, en ayant saisi et retenu une, ont, par cette observance quotidienne, trouvé accès à l'appel de Dieu . « La visite au Très Saint-Sacrement » a mené l'un au sacerdoce, la « méditation du saint Évangile » a mené l'autre à catéchiser dans les Écoles chrétiennes; pour un autre, vivant en terre musulmane comme les deux premiers, la « récitation de l'Angelus » a été l'ancre de salut, le lien maintenu avec l'Église.

Et maintenant, tous ceux qui furent ainsi aidés et secourus par l'Union peuvent reconnaître et admirer dans les renoncements et la mort de son fondateur, la réalisation exquise, pressentie par lui dès 1899, de la conformité du chrétien à son « modèle unique ». La vie cachée en la maison de Nazareth, cette grâce humble et modeste, à la portée de tous, a mené, lentement, doucement et sûrement le R. P. de Foucauld jusqu'à l'héroïsme final : il est mort, tué en haine de Dieu et de la France, les mains liées, à genoux, devant le Très Saint-Sacrement.

« La mesure de l'imitation est celle de l'amour. » Dieu pouvait-il rien refuser à un cœur qu'Il attirait tout à Lui ? L'attente où Il l'avait maintenu dix-sept ans n'était-elle pas déjà une marque de Sa tendresse, un signe paternel de prédilection ? Elle cessa, avec la venue de cette grâce qu'il avait demandée, comme une *bénédiction* : non seulement pour lui-même, mais pour ses vrais disciples, quand il priait pour eux, « petits frères de Jésus » à Nazareth : afin « qu'ils pensent, chaque jour, qu'un des bienfaits dont leur Époux JÉSUS les a comblés est la possibilité, l'*espoir fondé* de terminer leur vie par le martyre;... qu'à toute heure, ils soient dignes d'une telle vocation... Bienheureux, eux, voués par vocation, à Son imitation, de L'imiter dans Sa mort comme dans Sa vie[2] ».

1. *Directoire*, art. XVIII : « La vocation étant un appel, le mot « choisir sa vocation » est un non-sens; on ne choisit pas sa vocation, on la reçoit, et l'on doit chercher à la connaître, prêter l'oreille à la voix de Dieu, guetter les signes de Sa volonté, employer les moyens connus du prêtre pour savoir ce qu'Il veut de l'âme; et, une fois la volonté de Dieu connue, la faire, quelle qu'elle soit, coûte que coûte ».

2. *Directoire* personnel, de 1899; art. XL.

Que les âmes fidèles, qui n'hésitent pas à faire à cette humble Union l'aumône de leurs prières, considèrent avec respect jusqu'où elle engage; et méditent, avec la vie de son fondateur, quelle abjection et quelle mort l'imitation de JÉSUS peut faire désirer, et obtenir, par un cœur chrétien.

(Article de L. MASSIGNON paru dans *La Vie Spirituelle* des RR. PP. Dominicains, Paris, 1922.)

ANNEXE VI

SODALITÉ DU DIRECTOIRE
(Béni-Abbès, 1955)

Cette sodalité est née, du vivant du Frère Charles de Jésus, de certaines invites à la vie parfaite, présentées par lui au plus ancien d'entre nous, par lettres ou verbalement, et fondée sur certaines pratiques communes, récitation, notamment, des trois angélus, chaque jour, et du *Veni Creator;* depuis une nuit d'adoration passée ensemble au Sacré-Cœur de Montmartre, 22 février 1909.

Au-delà de sa prière ardente pour la fondation des deux Ordres de religieux qu'il rêvait d'implanter au Sahara, et que son « association de prières », ébauchée en mars 1909, préparait, le Frère Charles nous en proposait un approfondissement intellectuel, par une participation culturelle aux modes d'expression linguistique de la pensée en Islam; qu'il ne pouvait réaliser complètement par la langue berbère, incomplètement islamisée, au Sahara surtout; et que nous devions rechercher, nous, vivant parmi les Arabes, par l'étude de la langue arabe [1] et de ses grands penseurs.

Ce n'est qu'après douze ans d'attente que nous pûmes

1. Dès 1918, des *prières* prévues au *Directoire* furent publiées en arabe au Caire (16+14 p., chez Emin Hindié; cf. *Almanach catholique d'Égypte,* Le Caire, Kahla, 1921, p. 74); elles étaient récitées aux réunions, d'abord à Saint-Marc de Choubra (R. P. E. Sciavi, de Daher), puis chez les Frères de Khoronfish (Fr. Marius) jusqu'en 1923. (Add. de la 3e éd.)

publier le texte du *Directoire* qu'il nous avait légué par l'intermédiaire de l'abbé Paul Laurain, selon la promesse de sa lettre (n° 47) du 1er janvier 1914, inscrivant le plus ancien d'entre nous parmi ses « associés » : « ... Je vous inscris, et j'envoie votre nom à M. l'abbé Laurain... vous recevrez plus tard... un exemplaire du *Directoire*... »

Reçu le 1er mars 1917, il fut publié, avec imprimatur, le 9 mars 1928, et réimprimé en 1933.

Dès 1920, ce *Directoire,* encore manuscrit, où nous retrouvions l'essentiel de ses conseils, fut médité et commenté en commun dans des réunions périodiques où ne venaient, naturellement, que très peu des premiers membres de l'Association Foucauld, la plupart ne voyant dans cette association qu'un moyen de grouper des aumônes pour les missions en terre d'Islam.

Ce petit nombre d'associés, désireux d'un minimum de vie contemplative libre, a continué de se réunir çà et là, gardant comme lien commun ce *Directoire* primitif, qui n'est évidemment pas adapté au nouveau code canonique, quoiqu'il ait prévu certaines de ses modifications (distinction du bien de l'œuvre collective et du bien de l'âme, en direction spirituelle), mais qui demeure une source de vie spirituelle axiale pour tous les amis de Charles de Foucauld.

Lorsque l'approfondissement de leur vocation, en Orient arabe, a amené des amis de Foucauld à fonder en Égypte (Damiette, 1934) le groupe de la « Badaliya », dans le rite oriental, en souvenir de la « manière » qu'avaient eue saint François et saint Louis pour « aborder » les âmes en Islam, le *Directoire* a naturellement constitué le texte principal à méditer et commenter dans leurs réunions. C'est pourquoi, en Orient, les Frères et Sœurs de Foucauld sont « de droit », comme le disait le P. Voillaume, « membres » de la « Badaliya ». Et c'est pourquoi les amis anciens du *Directoire* primitif, constitués en *sodalité* distincte à la réunion fédérale de Beni-Abbès, et restés en majorité de rite latin[1], ont mis en commun, en

1. En option de fidélité au maintien du *Directoire* primitif dans l'Association Foucauld réorganisée. Avec le R. P. Jean-Mohamed

Occident, leurs réunions avec la « Badaliya », réalisant ensemble le « mystère » de Damiette, la Compassion de l'Alverne au cœur percé du Fils de Marie. « Un des soldats lui ouvrit le côté d'un coup de lance » (Foucauld, *Directoire*, éd. 1928, p. 23) [1].

(Texte de L. MASSIGNON, publié dans le *Bulletin Jésus-Caritas*, 1955.)

Abdeljalil, O.F.M., Paul Flamand, Mlles Lucienne Portier et Christiane Lacour. Et Antoine Sabbagh (du groupe de Khoronfish au Caire). (Add. de la 3e édition.)

1. La plaque-médaille de la « Badaliya », version arabe de la plaque-médaille foucauldienne, a été frappée trente-trois ans plus tard, en 1953 (sa photo est encartée dans la *Lettre XI* de la Badaliya (29 décembre 1957, Lahore); l'explication en avait été donnée dans la *Lettre VII* (9 décembre 1953, Jérusalem). (Add. de la 3e éd.).

ANNEXE VII

LISTE DES XLIX PREMIERS ADHÉRENTS ÉTABLIE DE LA MAIN DU P. DE FOUCAULD

(en *italiques*; avec annotations)

Le sigle *BAAF* réfère aux « brèves notes sur les Amis et premiers Associés de l'œuvre de Foucauld » parues en *supplément* au *Bulletin de l'Œuvre apostolique* de juin 1924, Paris, 108, rue de Vaugirard.

1. *Puybonnieux* (*abbé* [*Léon*]), *curé de Lembras, par Bergerac, Dordogne.*

Devient curé de Piégut-Pluviers, Dordogne, en 1923 (— 38); il invoquait « tous les jours notre vénéré P. Charles de Foucauld » (lettre du 19 janvier 1929, au reçu du *Directoire*[1]. Aumônier de l'hôpital de Bergerac (1960). (« Je n'oublie pas les quinze jours vécus avec le cher P. de Foucauld en qui j'ai une dévotion toute particulière », lettre 30 mai 1960.)

2. *Laurain* (*abbé* [*Paul*]), *professeur au grand Séminaire d'Issy-les-Moulineaux.*

Connaît le P. de Foucauld dès 1903 (par l'Union apostolique des prêtres séculiers du Sacré-Cœur, où le P. de Foucauld paraît être entré le 16 janvier 1902); accepte le secrétariat de l'œuvre le 1er mars 1909, distribue « un grand nombre d'exemplaires de la Règle » (c'est-à-dire des « Statuts », éd. 1909, 1913),

1. L'édition de 1928 a été envoyée en priorité aux survivants des XLIX de 1916.

mais n'a « que très peu d'adhésions » (lettre du 20 février 1917); et le refus du cardinal Amette (6 septembre 1913) l'avait déconcerté. L. Massignon insiste, et le décide, le 21 février 1917, à suivre le conseil de Mgr Livinhac et à demander à Mgr Le Roy de reprendre l'œuvre (visité ensemble le 23 février 1917). Mgr le Roy donne l'imprimatur à L. Massignon pour la réédition de la Règle (au Caire la même année), et obtient enfin, avec l'abbé Laurain, de Mgr Amette l'approbation : « L'essai peut en être tenté » (10 septembre 1919). Démission du secrétariat en 1922, reste membre du Conseil. Commente le *Directoire* dans le *Bull. Ass. Foucauld,* n° 23 (juillet 1930). Cf. n°s 10-15.
Sur l'abbé Paul Laurain (1865, † 16 septembre 1938), fondateur des Servantes de Jésus Prêtre Éternel (Bénédictines apostoliques; maisons à Sainte-Geneviève-des-Bois et à Médéa), coopérateur de la « Ligue française pour le relèvement de la moralité publique » (fondée par le pasteur Louis Comte), cf. *Bull. Ass. Foucauld,* n° 69 (octobre 1938). Sa méthode sulpicienne de direction spirituelle reste tenue en haute estime par Mgr Maurice Michaud (ici n° 11). (Lettre du 28 avril 1960.)

3. *Leroy* (*Pierre*), *capitaine d'artillerie, 13e régiment.*

Promu colonel, meurt accidentellement à Héricourt (27 mars 1923). Cf. BAAF 10 novembre. Il légua six orphelins de guerre, ses adoptés, à M. et Mme A. Vareil.

4. *Hours* (*J.*), *Sérézin-du-Rhône, Isère.*

Professeur à Rome (1907-1910). Mort 2 janvier 1918. Voit Foucauld par Crozier le 1er juillet 1913; correspond avec lui (1911-1916) sur le laïcat missionnaire. Son fils le professeur J. Hours, de Lyon, et son petit-fils le P. Francis Hours, s. j., ont gardé l'attachement paternel pour Foucauld.

5 *Palle* (*Général* [*Marie-Antoine*]), *34, rue de Paris, Montmorency, Seine-et-Oise.*

Ensuite 4, rue Duval, à proximité. Né le 3 septembre 1843. Artillerie. Mort le 23 octobre 1917 (comm. Amiral de Blic).

6. *Fitz James (duc de), 12, boulevard de la gare, Marseille.*

Ensuite Château de Vaux, Corbigny, Nièvre. Lié 1879-1887 (Alger 1883); le retrouve à Notre-Dame-de-la-Garde (27 septembre 1913) (comm. R. P. G. Gorrée). Jacques, 7e duc de Fitz James Berwick; capitaine d'Infanterie de Marine, est mort en 1944.

7. *Fitz James (duchesse de), id.*

Née Gandouard de Magny, morte à Marseille en 1919.

8. *Veyras (abbé [André]), vicaire à la cathédrale de Nîmes.*

Prêtre 21 décembre 1901; ensuite curé de Sainte-Perpétue à Nîmes, puis doyen de Grand-Combe. Ami du n° 18, cf. *Corr. inéd. Foucauld-Huvelin,* pp. 249-259. C'est lui qui parla de Crozier à Foucauld (N.-D. des Neiges, 1901). Mort le 13 juin 1958 (comm. P. Maillet).

9. *Foucauld (Ch. de), Tamanrasset par In-Salah, via Biskra.*

Prêtre 9 juin 1901. Tué le 1er décembre 1916 (documents ap. *Bull. Œuvre apostolique et Ass. Ch. de Foucauld,* juin 1924, pp. 153-164). Procès de béatification commencé en 1928.

10. *Vier [Paul] (minoré), Grand Séminaire, Issy-les-Moulineaux.*

Écrit au P. de Foucauld (1913). Vicaire à Elne (P.-Or.). Ami du n° 2. Il nous quitta. « Nostra Senyora dels Desemparats, succurre nobis » (hymne de la procession catalane du Vendredi Saint).

11. *Michaud Maurice (sous-diacre), Grand Séminaire, Issy-les-Moulineaux.*

Prêtre en 1914; directeur du Petit Séminaire Saint-Jean (Institution Leidrade) à Lyon; professeur puis doyen de la Faculté de Droit Canonique (1938); curé de Saint-Nizier. Ami du n° 2. Chef d'escadrille d'aviation (front d'Orient, 1916-1918).

12. *Bellefroid (Arthur), place du Baty, Fumay, Ardennes.*

Ami du n° 2, comme les nos 13, 14 et 15. Né le 29 octobre

1895, mort le 8 juillet 1959 (cf. *Bull. anciens élèves Florennes* n° 59, oct. 1959) (comm. Mme Joris).

13. *Bellefroid (Mlle Renée), id.*

Née le 12 janvier 1889. Bénédictine (R. M. Jeanne); morte, d'une mort privilégiée, au monastère de Faremoutiers, le 22 mars 1937 (comm. Mme Joris).

14. *Bellefroid (Mlle Marguerite), id.*

Serait encore en vie (1960). (Comm. abbé Marquette.)

15. *Dumeyniou (Germaine), place Marchande, Murat, Cantal.*

Essai de fondation contemplative : à Cambrai (août 1939), puis Bourges.

16. *Fontaine (abbé [Daniel]), curé de Notre-Dame-Auxiliatrice, rue d'Alsace, Clichy.*

Adhère le 1er septembre 1913. Conseille la reprise de l'œuvre le 22 février 1917. Conseille l'adoption d'une plaque-médaille de type bénédictin (dessinée par Pierre Roche, le 16 juin 1919) pour le « Sacré-Cœur ») foucauldien « Jesus-Caritas », et en place le premier exemplaire au foyer familial (consacré par lui le 27 janvier 1914) du n° 48, le 15 mai 1920 (foyer déjà béni comme foucauldien par Mgr Livinhac à Maison Carrée, le 27 février 1914). « L'idée du P. de Foucauld, écrivait-il le 12 mai 1918, est divine. C'est à sa réalisation *pratique* qu'il faut tendre... un courant... de saintes convictions qu'il faut répandre d'abord dans les monastères de contemplatifs... » Il pensait à une Visitation, à la Trappe de Sept Fons, où il envoya le n° 48 pour Pâques 1920. Après sa mort (10 novembre 1920) deux de ses amis, dont Mgr Vl. Ghika, envoyèrent en 101 exemplaires, à toutes les Trappes à travers le monde, une sorte d'écriteau portant inscrite la réponse envoyée le 16 juin 1920 par Mgr Marre, Abbé général des Cisterciens réformés, à Mgr Le Roy, président de l'Association Foucauld; où il daignait « inviter » tous ses religieux et religieuses « à offrir à Dieu une partie de leur tâche quotidienne de prières et de sacrifices pour hâter la conversion des Infidèles. En souvenir d'un [de leurs] religieux, le P. Albéric (Charles de Foucauld)... Il avait commencé d'établir une Union de prières, de sacrifices et de travaux pour la conversion des Infidèles ». Sur ce saint prêtre, directeur spirituel de Huysmans et de Claudel (à qui il recommanda l'œuvre apostolique de l'amiral Yamamoto Shinjiro, au Japon), qui mourut curé de Saint-Antoine des Quinze-Vingts, ayant restauré, après plusieurs essais de vie collégiale canonique, la « Société du Cœur de Jésus » (29 octobre 1918) fondée le 2 février 1791 par le P. Pierre de Clorivière, s. j. (cf. notice de G. Lemaître, deux éditions, 1943, 1948 : aujourd'hui plus de 1700 membres), voir BAAF, 7-8; *Corr. Claudel-Gide,* éd. Robert Mallet, 1949, s. v. index; et *Corr. Claudel-Jammes-Frizeau,* éd. Blanchet, 1952, s. v. index).

17. *Raoux (Philippe), ancien élève de Polytechnique, directeur des Mines Graf Renard, Sosnowice, Pologne russe.*

Capitaine d'artillerie, tué à Verdun, bois des Fosses, 23 février 1916. « Premier sang » de notre œuvre. Devient, grâce au colonel Leroy, un des « frères de prédilection » de F. Tertiaire franciscain, pèlerin de Dülmen, il connut, par Pierre Termier, Léon Bloy (leur *correspondance* a été publiée). D'un premier mariage en 1903, il eut une fille, Laure (Mme Clément, Nantua). De son mariage avec Mlle Desmarquest, qui vécut avec lui de l'œuvre et de son esprit, il eut un fils, Jean, polytechnicien comme lui, ingénieur saharien, 9, rue Caïd Ahmed, El Biar. Cf. n° 49, et BAAF, pp. 9-10.

18. *Crozier (abbé [Antoine]), 3, av. du Doyenné, Lyon.*

Dès son ordination, Foucauld vient se recueillir auprès de Crozier à Belley, en 1901. L'influence de ce grand directeur d'âmes sur F. a été profonde; F. s'était agrégé à la sodalité sacerdotale fondée par Crozier, fils spirituel du « Prado » du P. Chevrier. Crozier fut, auprès de l'ermite, « le consolateur plein de compassion ». Dès 1904, il associa à ses sacrifices pour les âmes une compatience, Suzanne Perret († 11 juin

1911). Et lorsque F. fut si « froidement reçu » par le cardinal Amette (6 septembre 1913) il vint à Lyon auprès de Crozier qui lui remit une liste de vingt-six adhérents à son œuvre (= les n°s 19, et 21 à 45, soit plus de la moitié des quarante-neuf membres énumérés ici-même) le 23 septembre 1913. Parmi les écrits spirituels *anonymes* de Crozier, citons *Excelsior*, que F. méditait et fit méditer, et *Union apostolique universelle*, écrite en 1913, où, d'une manière prophétique, il « universalise » la petite œuvre saharienne de Foucauld, au-delà des pays d'Islam, au monde entier : esquissant ainsi la réalisation qui sera entreprise, vingt ans plus tard, par le R. P. René Voillaume (ému à la lecture de la biographie par René Bazin; 4e président de l'Association Foucauld) et la P. Sr Magdeleine de Jésus (qui nous dit avoir reçu sa vocation foucauldienne par la lecture de cette brochurette anonyme). Mort 10 avril 1916. Tombe à Ecully.
Une biographie fouillée de ce théologien de l'École française reste à écrire; deux Lyonnais l'ont esquissée, ses amis le chanoine Rouchouze (ap. *Croix du Rhône*, février 1935, et R. P. Paul Maillet (Lyon, 1948). Cf. BAAF, pp. 5-7.

19. *Gauthier* (*abbé* [*René*]), *curé de Chazelles-sur-Loire, Lyon.*

Ensuite aumônier à la Visitation, Saint-Étienne (1925, selon M. Truchet et Mlle Agnès Mathis). Confident du n° 18; hérite de ses carnets. Mort à Vernaison, 21 septembre 1941.

20. *Lorette* (*abbé* [*Pierre*]), *professeur à Paris.*

Directeur de l'École Gerson, 31, rue de la Pompe, Paris-16e; curé de la paroisse Notre-Dame-des-Champs. Mort à Saint-Cyr-sur-Loire, 17 juin 1957.

21. *Gachon* (*Antonine*), *Ambert, Puy-de-Dôme.*

Ensuite rue de la République, Saint-Chamond (enq. 1925 : selon le n° 22). Née à Saint-Amant-Roche-Savine (P.-de-D.) le 25 juin 1861; âme privilégiée, dirigée de Mgr Chassagnon, évêque d'Autun. A l'Asile Oriol (1931). Morte le 10 mai 1945

22. *Devenaz (Sédulie), Lyon.*

Habite 14, quai de la Bibliothèque (enq. 1925); « adhère avec plaisir ». Confidente de Crozier pour bien des œuvres (« foyer de charité », séminaristes pauvres, à Saint-Polycarpe), elle est morte en 1940 à « plus de quatre-vingts ans dans le plus parfait abandon, sous le nom de Sœur Marie-André, à l'Institut de Jésus Souverain Prêtre » (de M. Lepin) (P. Maillet, *l. c.*, pp. 46-47).

23. *Pel (abbé [Constant]), professeur, Institution Lamartine, Belley, Ain.*

Curé de Boissy-le-Sec (Seine-et-Oise), puis fondateur de l'église de l'Arche d'Alliance, à Abou Gôch (Israël). Missionnaire en Corse, 15, rue Forcioli-Conti, Ajaccio. A Assais (Deux-Sèvres) 1960).

24. *Crétin (abbé), professeur à l'Institution Lamartine, id.*

Ensuite à l'Institution Saint-Vianney, à Meximieux (1930). Mort 11 octobre 1957.

25. *Fuz (abbé), professeur à l'Institution Lamartine, id.*

Devient curé de Vancia (Rillieux) par Miribel. Copie Joyeux : Fenz (*sic*). Maison de retraite à Pont-de-l'Ain (1960), avait dîné avec F. chez C.

26. *Rozier (abbé), curé, Pont-de-Vaux, Ain.*

Curé d'Ambérieu-en-Bugey en 1916 (-1938). Copie Joyeux : n° 27 (*sic*). Mort le 2 juin 1948.

27. *Janet (abbé), vicaire, Pont-de-Vaux, Ain.*

Directeur Institution Saint-Pierre, Bourg, Ain (1928); puis directeur de l'Institution Saint-Vianney à Meximieux ,1938). Copie Joyeux : n° 26 (*sic*). Mort le 26 janvier 1940.

28. *Crozier (Adeline), Lyon.*

Meurt en novembre 1919; sœur du n° 18. F. se recommandait à ses prières (lettres 23 juillet 1914, 26 décembre 1914).

29. *Crozier* (*Catherine*), *Lyon.*

Meurt en 1913; sœur du n° 18.

30. *Duché* (*Catherine*), *Pont-de-Vaux, Ain.*

Directrice d'école, 36, rue Suchet (enq. 1925) à Lyon. Aux. du P. Crozier, puis du P. Maillet. Morte le 24 juin 1953.

31. *Duché* (*Césarine*), *id.*

Même adresse que le n° 30.

32. *Guichard* (*Hélène*), *id.*

Professeur à l'externat Duché; même adresse que le n° 30. Morte le 21 janvier 1960.

33. *Guigou* (*abbé* [*Augustin*]), *Marseille.*

Devient aumônier de la Serviane (Filles du Cœur de Jésus), par la Valentine. Décédé le 20 mars 1930, à quatre-vingts ans (comm. Chan. Espeut., 21 janvier 1960). Tombé à Eoures.

34. *Chaperon* (*abbé*), *La Martre, Var.*

Aumônier militaire à l'Armée du Rhin (SP. 77), puis à New York (s/c Cons. Gén.); puis à l'Orphelinat de la Montagne à Grasse (A.-M.). Il nous quitta. Mort vers 1945.

35. *Grandjean* (*abbé*), *id.*

Né à Paris en 1871, mort à Vernaison en 1945. s/c M. le Vicaire général Chanvillard (lui-même disciple et premier biographe de Crozier) à Nice (A.-M.) (1928). Curé de Saint-Jean-Baptiste à Rive-de-Gier, chan. tit. Lyon (comm. Mgr Michaud, et abbé Dufournet).

36. *Charles* (*Eugénie*), *Lyon.*

Bibliothèque des Familles, 6, rue Henri-IV, Lyon : « prie chaque jour pour l'œuvre » (1925). Morte à la Maison Saint Benoît, Caluire, 1950.

37. *Bailly* (*Léonie*), *Var.*

Infirmière visiteuse, dispensaire d'hygiène sociale, Grasse (A.-M.). Cf. n° 34.

38. *Bouvier (Louise), à Morvillars, territoire de Belfort.*

De 1907 à 1918; se retire à Valence chez les siens; y meurt (comm. abbé J. Hufschmit, 1er août 1960).

39. *Revol (Mlle), Lyon.*

Mlle (Aimée Bergeret, veuve) Révol, 29, rue du Bœuf, Lyon. Confidente du P. Crozier, n'a cessé de méditer sur les textes manuscrits de F. (communiqués par Crozier), et de prier pour son œuvre (enq. 1925). † 14 avril 1948 (comm. Mlle Jeanne Révol).

40. *Lambert (Clotilde), Lyon.*

Habite à Neuville-sur-Saône, Rhône, en 1925. Copie Joyeux : Lombard (*sic*). Sans nouvelles.

41. *Maître (Mlle), Belfort.*

Cf. n° 38. Sans nouvelles.

42. *Arnaud (Clodius), Lyon.*

Copie Joyeux : Claudius (*sic*). Sans nouvelles.

43. *Mereser (abbé), Belley, Ain. NB : sic : pour Morard.*

Cet « abbé Mereser » (mal orthographié par F.), « désigne l'abbé *Morard,* ancien élève du collège de Belley, né en 1876 et décédé à Bordeaux il y a quelques années, disciple du P. Crozier ». (Lettre de l'abbé Fr. Julliard (5 mai 1960), Pont-d'Ain; oncle de Sœur Marthe de la Trinité, prieure de la Fraternité Foucauld d'El-Kbab (œuvre Peyriguère, Moyen-Atlas, Maroc), cousin du n° 23.)

44. *Carmel de Vienne, Isère.*

Adhésion collective confirmée.

45. *Carmel de Carpentras, Vaucluse.*

Adhésion collective confirmée de suite.

46. *Sauzéat (abbé), chez Mgr l'Évêque de Viviers.*

Secrétaire de l'évêque (Mgr Bonnet, directeur spirituel de F.);

puis vicaire général; meurt en 1926. Aide l'abbé Jauffrès à son opuscule sur Foucauld.

47. *Bouffel (Charles), abbé vicaire de Saint-Joseph, 46, boulevard de Champagne.*

Devient vicaire à la cathédrale d'Alger (1928). Maison Saint-Augustin, chemin Beauregard, Alger-3 (1960).

48. *Massignon (Louis), 21 rue Monsieur, Paris* [1].

Soixante-dix-neuf lettres de F. (depuis 1906); a prié en commun depuis 1908 (« angelus ») à Paris, du 20-23 février 1909 (le 22 au Sacré-Cœur), les 24 et 25 février 1911, 7 mars 1911, 24, 25 et 26 juin 1913 et les 1er et 2 septembre 1913; adhésion inconditionnelle (14 octobre 1913, envoyée avec la cotisation d'un franc exigée par Mgr Bonnet) reçue par F. qui répond (lettre XLVII, du 1er janvier 1914 : « Je vous inscris, et j'envoie votre nom à M. l'abbé Laurain... Vous recevrez plus tard un exemplaire nouveau des Statuts, plus tard encore un exemplaire du Directoire... Nous sommes encore peu nombreux.. » Cet *exemplaire du Directoire*, base du présent texte (cf. *supra*, p. 7, n. 2) lui fut remis par l'abbé Laurain, le 21 janvier 1917, à Saint-Étienne d'Issy. L'*imprimatur* se fit attendre jusqu'en 1928. Entre-temps, L. Massignon en distribua une quarantaine de copies dactylographiées (cf. *infra* la *liste des dédicataires*). Membre du Conseil de l'Association réorganisée, L. M. acheva avec Mme L. M. leur pèlerinage saharien de 1914 (vers Foucauld) alors interrompu à Toug-

1. « *Les noms soulignés sont ceux des personnes ayant versé la cotisation.* »

N. B. — Cette note 1 autographe, omise dans la copie Ch. Joyeux, est rétablie dans la collation de Dominique Jourdain (*a*), où le seul nom souligné par le P. de Foucauld est celui du n° 48 (devenu tertiaire franciscain en 1931-1932, et co-fondateur de la Badaliya en 1934). (Add. de la 3e éd.)

(*a*) L'abbé D. Jourdain avait commencé en 1922 un précieux travail critique sur les écrits manuscrits de F., qu'il dut interrompre en 1928, et dont il légua une partie à l'abbé Six en 1955.

gourt : priant au bordj de Tamanrasset les 19-20 octobre 1950. Invité avec Mme L. M. et la R. M. Marie-Charles de Jésus (fondatrice de l'œuvre des Mazes) à l'Assemblée générale des disciples de Foucauld à Beni-Abbès, il y reçut le 15 novembre 1955, de Mgr Charles de Provenchères, archevêque d'Aix, Arles et Embrun, 5e président de l'Association (réorganisée), la charge de la « *sodalité du Directoire* » (cf. notice parue dans le Bulletin *Jesus Caritas* reproduite ici, p. 152).

49. *Raoux (Mme), née Isabelle Desmarquest, Sosnowice, Pologne russe, 17, rue du Faubourg-des-Lettres.*
Veuve du capitaine d'artillerie Philippe Raoux, tué à Verdun; après avoir servi à la Croix-Rouge, elle se retira à Montpellier (7, rue de Verdun, puis 2, rue Saint-Côme). Cf. n° 17.

Nous avons tenu à publier cette liste dans la présente édition, car c'est celle des amis de la dernière heure; qu'un hasard mystérieux a groupés autour de Foucauld à l'heure où la hiérarchie, doutant de son œuvre, l'engageait à la délaisser. Ils se sont trouvés groupés sans le savoir, non pour s'associer à une fondation (différée *sine die*), mais pour participer à l'épreuve cruciale du fondateur dans l'abandon avant-coureur de sa mise à mort. Pour communier à l'aumône de son héroïsme immolé, et comprendre, chacun dans sa vocation personnelle, laïque ou religieuse, que le but suprême d'une œuvre sainte c'est de nous ensevelir avec le Christ dans sa défaite, avec sa Mère dans la Soledad. C'est la leçon de l'article XL du *Directoire*, vécue par ceux qui sont morts pendant la guerre de 1914-1918, et dans cette nuit où la haute figure de Foucauld restait encore voilée (nos 3, 4, 5, 16, 17, 18, 28, 29). C'est aussi la leçon pour ceux qui lui ont survécu; les uns tirèrent le sel de leur vie quotidienne de la seule spiritualité de son *Directoire* (nos 1, 11, 12, 19, 20, 23, 39, 46, 49). Tandis que les autres, faisant partie d'un Institut religieux distinct, trouvèrent dans la méditation du *Directoire* un moyen d'universaliser, *sans la quitter*, leur obédience religieuse particulière (cf. art. VII du *Directoire*) et d'élire, plus consciemment qu'avant d'avoir connu Foucauld, leur forme personnelle de prédestination à l'amour fraternel (nos 2, 13, 15, 19, 20, 21, 22, 23, 27, 34, 44, 45, 48 [1]) : « coûte que coûte » (art. XVIII du *Directoire*) et à tout prix.

Liste de trente-cinq dédicataires du tirage hors commerce de 1917 :

Du texte du *Directoire,* dactylographié en VI + 112 pages, copié sur le double de l'original prêté par l'abbé Laurain le 21 février 1917, voici la distribution :

nos 1-4 (mars 1917) : L. M.; Jacques Maritain; Mgr Le Roy (1er président de l'Association Foucauld); René Bazin (1er biographe);

nos 5-8 (sept. 1917) : R. P. Émile Sciavi (des Missions Africaines : groupe du Caire; sans « notre modèle », imprimé là); nos 9-12 (en 1919) : Jacques de Vilmorin; Mme Ph. Raoux (49e adhérent); colonel Leroy (3e adhérent); Dr J. Havet (Université de Louvain, † 1949);

nos 13-32 (en 1921-1922) : Jean Grès (œuvre de Saint-Jean de Montmartre); P. Ch. Joyeux (des Pères Blancs : ex. brûlé, remplacé par n° 26); Sœur Marie-Suzanna († 1922 : ex. transmis au R. P. Ch. Henrion, œuvre d'Aïn Blartha, Sidi Saad, Kairouan); Mlle A. Mathis; Mgr Leynaud (arch. d'Alger); J. Joergensen (à Assise; écrira une vie de Foucauld); Mlle A.-M. Goichon-Révérand (écrit *BAAF, l. c.*); Mlle Violet Susman (pour la règle de l'hôpital Totsuka à Tokyo); Mlle Suzanne Garde (3 ex. pour l'œuvre de Dalidah, Randon, Bône); Mgr A. Boucher (2e président de l'Association Foucauld); abbé Paul Mulla-Zadé (prof. Inst. Pontif. à Rome); vicaire général Dupin

1. Cf. l'article paru dans le cahier « Foucauld-Peyriguère » des *Mardis de Dar-el-Salam,* 1958-1959, pp. 55-71; cf. aussi l'allocution prononcée à la Sorbonne le 18 mars 1959.

(3e président de l'Association Foucauld; donne l'*imprimatur* de la 1re édit., 1928); Mlle Carteret; P. Ch. Joyeux (2e ex.; nommé vice-postulateur de la Cause de Foucauld); P. Dominique Jourdain (O.F.M.; ranime la lampe de Foucauld à la Sainte-Baume); abbé Ballu; Dr Louis Pichet († 20 avril 1951; disciple du Dr Imbert-Gourbeyre);

nos 33-35 (en 1927) : Mme Vve F. Massignon; Mme Pierre Girard-Massignon; prince Vladimir Ghika († 16 janvier 1954, en prison, Bucarest).

TABLE

IMPRIMERIE BRODARD ET TAUPIN À LA FLÈCHE (01-2000)
DÉPÔT LÉGAL : 01.2000. N° 39657-2 (1290X)